悠悠荡荡小天国

[日] 小川糸 ◎ 著

廖雯雯 ◎ 译

CNS 湖南文艺出版社 HUNAN LITERATURE AND ART PUBLISHING HOUSE 博集天卷 CS-BOOKY

目录｜悠 悠 荡 荡 小 天 国

悠 悠 荡 荡 小 天 国

悠　悠　荡　荡　小　天　国

ぷかぷか天国

悠 悠 荡 荡 小 天 国

冬去春来

1月8日

大约一年前，母亲的身体被检查出癌症，同一时期，父亲患上轻度认知障碍。

可以说，双亲同时面临巨大的考验。而在那之前的几年间，我几乎从未与他们联系。

尽管情况棘手，每个人都感到痛苦，可不得不面对。

一直以来，父母竭力依靠自己的能力应对日常生活。然而，罹患癌症与认知障碍的人，要想维持普通的生活节奏是非常困难的。

母亲曾是一个会对自己的孩子采取暴力行为的女人。

直到现在，我依然会梦见被母亲追打的场景，然后呻吟着醒来。

孩提时代，母亲曾追在我身后，至我无路可走时，便大打出手。

幼时的恐惧始终铭刻在内心深处，我没有办法将它们抹除。

可悲的是，哪怕遭遇那样的对待，孩子依旧爱着父母。

他们认为，自己之所以被父母暴力以待，是因为做错了事。

念小学时，我们每天都要写日记，第二天带去学校，老师阅览后会留下评语。

可是，我绝对不会在日记里写“今天又被妈妈打了”之类的事。

由于没什么可记录的，我便避开日常琐事，写起了故事与诗歌。没想到，老师看完竟夸奖了我。

既然家里没有闪闪发光的故事，我便亲手创造它。

这就是我“写作”的原点。

我与母亲之间，真的发生过太多事情。

大部分时间，母亲对我而言是一本反面教材。从这点来讲，我觉得她是一位非常称职的“老师”。

母亲教会我许多事情。

尽管我也希望我们能像普通母女那样，一块儿喝茶逛街，一块儿外出旅行，但恐怕这就是我被上天赋予的命运。

母亲罹患癌症后，身体大不如前，心力也慢慢减弱，而我终于也对母亲生出怜惜之情。

她曾向我求助，说自己害怕死亡。

听着听着，我会有种错觉，仿佛自己才是这个女人的母亲。

这样一想，心中的芥蒂倏然消失，情绪也得以放松。

母女角色互换，说不定会相处得更加融洽。

感激上天，赐予人类的生命是有限的。

我对不老不死这种事，从来难以接受。

当然，与心爱之人告别也会带来痛苦。

就我而言，正因为母亲被检查出癌症，我终于在最后的时刻为母亲的离去感到悲伤，如同世间普通的女儿。

昨天，在为灵柩钉上钉子时，我肆无忌惮地用石块捶打着。

等待火化的过程中，我去了 趟咖啡馆。

从前，每逢母亲节或是母亲生日，我便与母亲来到店里，用自己的零花钱请她吃蛋糕。

店铺营业至今，已有三十多年的历史。

看来十岁时候的我，真的很喜欢母亲。为了讨她欢心，想尽各种办法。

察觉这一点，我感到格外悲哀。

不过，最后的时刻，我曾问母亲："这一生，您过得幸福吗？"母亲躺在病床上，微微一笑。

这个细节，让我获得了莫大的救赎。

我在咖啡馆点了华夫饼与奶茶，吃完后返回殡仪馆，母亲已化作一抔骨灰。

我一边收拾骨灰，一边想着，无论是母亲的怒吼、谩骂，抑或是哭闹，今后都再也不会听见。

我发自内心地感谢母亲，感谢她让我目睹一个人迎向死亡的背影。

我想对她说："结束波澜万丈的一生，您辛苦了。"

或许，从那一刻起，我便开启了崭新的人生。

而母亲也一定从痛苦中得到解脱，笑意盈盈。

如果母亲有来生，能够与我重逢，希望我们彼此都愿意温柔以待。

冬去春来。

新年伊始的富士山，无比壮美。

小小鸟

1月10日

清晨，碧空如洗。我翻开《小小鸟》阅读起来。

《小小鸟》是岩波书店于1978年11月出版的绘本，编辑将它作为圣诞节礼物送给了我。

该书作者是M. W. 布朗，插画师是R. 夏利普，译者是与田准一。

这是本非常薄的绘本，不一会儿就能翻完。

故事讲述孩子们发现一只死去的鸟儿，于是就地挖了一个坑，将鸟儿埋葬。

用孩童特有的吊唁方式。

收到这本书的时候，正值母亲去世前夕。初读时，我甚至将自己代入“孩子们”的角色，母亲则是那只“鸟儿”，于是泪流不止。

若非那时收到这本书，对我来说，也许它就只是一本普通的绘本。

不过最近，早起或闲暇时我会翻一翻绘本。这已经成为我缅怀母亲的独特方式。

我想，其实它与诵经、上香之类的祭拜仪式是一样的。

读着绘本，一些本该尽快忘却的记忆，再次复苏。

童年时代，我在家里养过鸟儿，比如鸡尾鹦鹉、虎皮鹦鹉等，有段时间甚至多达五六只。

有一回，它们中的一只死掉了。

早晨，我发现了那只死去的鸟儿，告诉母亲。然后她说，上班途中她会经过动物的墓地，她可以将鸟儿埋在那里。

于是，我将鸟儿的遗骸交给母亲。

没想到，那天傍晚时分，我放学回家，看了看平日不怎么打开的室外垃圾箱，竟然发现那只死去的鸟儿被装在纸袋里，直接被扔在垃圾箱中。

我很想尽快忘记这段插曲，为自己，也为母亲，可它偏偏鲜明地留驻在记忆中，让人心烦意乱。

希望有朝一日，至少对于母亲生下我这件事，我能够心存感激。

关于《小小鸟》一书的前后故事，就是这样。

“孩子们 / 在将那只鸟儿遗忘之前 / 每日 / 都会来到森林 / 为它献上漂亮的野花 / 吟唱歌谣。”

“孩子们 / 在将那只鸟儿遗忘之前”，句子包含某种温柔的情愫，真好。

不是永远，而是在遗忘之前；不是抛诸脑后，而是自然而然地遗忘。

这句话告诉我们，哪怕遗忘也没关系。遗忘本身，是完全被允许的。这个认识让我得到拯救。

说起来，在我的记忆中，山形的冬日天空总是阴云密布。

厚重的云层压在天际，看起来阴沉沉的，令人郁郁不乐。

然而，今年冬天回乡探亲时我发现，明明是冬季，天空却碧蓝如洗。

着实吃了一惊。

莫非今年比较特别，或者说，当年我还在老家时，这里的冬季就是晴空万里？不过，这种事如今已没法求证。

说不定，垃圾箱中的鸟儿事件也是我的记忆发生偏差所致。

如果真是这样，我会十分高兴。

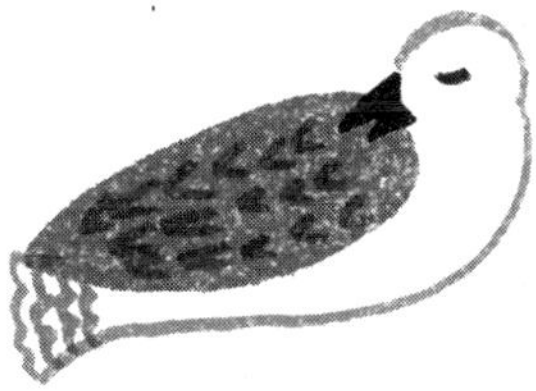

新年会

1月14日

仔细想想，今年我家还没有开镜[1]。

昨天从冰箱中端出年末时仓促制作的腌渍白菜，以及特意在商店订购的鱼肉昆布卷。终于找到机会品尝它们了。

正月装饰用的蜡梅花期短暂，前些日子才刚盛放，眼下便已开始凋谢，枝头的花朵所剩不多了。

最近经历了太多事情，大脑依然昏昏沉沉的，思维有些

1. 开镜：日本在新年1月11日（关西等地会在4日、15日或20日）有用木槌或铁锤开镜饼的习俗，镜饼即新年期间供于家中的圆形年糕，古代日本人相信圆镜中寄宿着神明，而“圆”象征圆满。开镜后的镜饼有多种食用方法，可做成杂煮、年糕红豆汤等。——译者注（本书中如无特殊说明，均为译者注）

迟钝。

昨天，久违地带着由利乃去散步，顺道在商店街购物。

我已很久没有怀着这样的心情购物了。

在肉铺买完肉，付款时，我掏出钱包一通翻找，不慎将一枚五日元的硬币掉进路边的水沟里，店主说“一会儿我去捡就好”，于是在找给我的零钱中又加上五日元。

在蔬菜店，我明明挑了两块百合根（蔬菜），却只拿了一块去结账。老板察觉后告诉了我，然后看着脚下的由利乃（小狗）[1]，微微一笑。

这些不足为奇的平淡日常，真的十分可贵。

今天打算与OKAZU家合办新年会。

空豆（小狗）也来参加。

因此，整个下午，我一直在准备料理。

今天的菜单大致是这样的：

醋拌莲藕与柿干

1. 作者的宠物犬“由利乃”的日语发音与“百合根”一样。

冬日蔬菜汤（胡萝卜、芜菁、百合根）

油豆腐与轻炸豆腐的姐妹煮

可乐饼

百合根意大利团子

甜点有蜜柑和玛德琳蛋糕。

我向来喜欢亲自下厨，用自己做的菜款待亲朋好友。可惜，我从未正儿八经地为母亲做过一顿料理。

不过，有几回还是做了糕点和下饭小菜给她送去。

要是能用像模像样的饭菜款待母亲该有多好，哪怕一次也行。

因此，今天的料理我是以“假如母亲也能品尝”为前提来安排的。

每道菜都是平日常做的家常料理，即使闭着眼睛，我也能顺利烹饪。

冬日蔬菜汤火候把握得刚刚好，看起来非常美味，我很开心。大约因为使用了整根胡萝卜，所以汤色才显得如此柔润。

如果纯用百合根煮汤，汤可能会比较黏稠，滋味也偏甜，但用来调味的话，汤就很轻盈，口感也更柔和。

至于芜菁，是昨天在蔬菜店偶然发现的。因为它水润饱满，看上去相当鲜美，我便忍不住买回家。

也许，今天的每道菜都十分可口。

在这种情况下，对料理熟手而言，不需要等到最后，烹饪时便能估计结果。

话说回来，特朗普总统真的没问题吗？

前几天的新闻发布会，实在看得人忧心忡忡。

当前的局面已是困难重重，他却进一步坚持经济优先原则，将一切国事作为商务问题处理，让人害怕。

难道只要能够获取经济利益，连发动战争也在所不惜吗？恐怕这就是他会做的事。

此外，日本经济界一些身居要职的人，竟然满脸谄媚，若无其事地说出“期待特朗普效应”之类的话，令人瞠目结舌。

我一直认为，人应当辨明自己的本分，明朗坦然地活着，这便是最好的状态。

希望今年会是祥和平安的一年。

今年一定要！

1月16日

新年会顺利结束。

这是一段有美食相伴的愉悦舒心的时光。

这期间，我再次请秀春女士为我现场示范高汤鸡蛋卷[1]的做法。

以前我也请她来家里做过示范，不过那次由于时间短暂，我没能掌握诀窍，煎得并不好。

1. 高汤鸡蛋卷：使用鸡蛋、高汤、酱油等制作的传统日式料理，按地域不同，可分为关东风高汤鸡蛋卷与关西风高汤鸡蛋卷，二者在调味、颜色、调理器具及煎蛋的卷法上均有区别。一般所说的高汤鸡蛋卷指关西风高汤鸡蛋卷。

事实上，玉子烧[1]是我最不擅长的料理。

无论如何，我都煎不出理想中的鸡蛋卷。

于是，这次我向秀春女士提出示范请求，并打算专门录制一段视频。

首先，我观看了秀春女士的做法。

接下来，便在老师的面前实际操作。

这回煎出了色泽不错的鸡蛋卷，我禁不住露出满意的微笑。

不过，也许是因为老师就在身边，手把手地进行指导，所以成功的可能性很高。

总之，烹制玉子烧是个熟能生巧的过程，在形成肌肉记忆之前，只能反复练习。

基于上述原因，今日我家的晚饭依然有高汤鸡蛋卷。

母亲为我做过的料理中，我最先想到的便是玉子烧。

---

1. 玉子烧：使用鸡蛋、砂糖、酱油等制作的传统日式料理，狭义的玉子烧指关东风"厚烧玉子"，特点是使用砂糖和浓口酱油，有时也加入少量高汤，与加入大量高汤而不使用砂糖的关西风高汤鸡蛋卷有明显区别。广义的玉子烧则包含高汤鸡蛋卷。原文中，两个单词各自独立出现，故译文仍按原文翻译，未进行统一处理。

几乎每一天，我的便当盒中都有它的身影。

母亲的鸡蛋卷做得甘甜松软，即使凉了也很好吃。偶尔，母亲会在里面加入洋葱末。

成年后，无论怎么模仿当年母亲的做法，我也煎不出同样口味的玉子烧。

母亲明明并不擅长料理，玉子烧却做得格外好。

我曾想，改天一定要找机会向母亲请教玉子烧的做法，谁知还没来得及求教，母亲便去世了。

当初读完 2014 年日记的出版清样，我曾写过一句类似新年目标的话：希望能够做出像模像样的玉子烧。

因此，今年一定要努力实现这个迟迟未能达成的目标！我精神振奋地想。

昨天的可乐饼做得还不错，百合根意大利团子却味道一般。

究其原因，问题大概出在百合根本身。

去年我收到的，是产自北海道二世古町的优质百合根。

昨天的意大利团子，虽然做法与去年一样，但是非常遗憾，我无法从中品尝到去年那种令人欣喜的感动滋味。

没关系，一般好吃也算好吃。

新年会结束后，空豆被寄养在我家。因此，现在我家共有两只宠物犬。

空豆今年已是十四岁高龄，却依然活力十足。

它与由利乃仿佛外婆与外孙，看着它们，我不由得微笑起来。

家里养着两只宠物犬，真幸福。

重新开启

1月21日

我在为拙作《鹤龟助产院》取材时，曾经查阅到一些关于女性分娩的知识。据多份资料显示，通过娩出胎儿，女性的身体能够获得重塑。

而身边具备实际分娩经验的女性朋友，也告诉过我类似的体验。

按照她们的说法，分娩前身体罹患的某些疾病或不好的东西，会随着胎儿的娩出，转移到孩子身上，因此，从某种意义上说，分娩能够帮助母体恢复健康。

不过，有一点我始终百思不得其解。分娩后，母体确实得到了重塑，可吸收了那些“不好的东西”的孩子，又会变得怎样呢?

最近，我觉得自己总算想明白了其中的原理。

孩子从母亲那里继承的负能量，很可能会随着母亲的逝去而消除。

长久以来，我一直认为，母亲与孩子在脐带被剪断的瞬间，便会踏上截然不同的人生道路。

母子关系中，这种情况的确存在。

不过，生理上的脐带被剪断后，又会出现一条看不见的透明“脐带”，正是它将母亲与孩子再度连起来。母亲逝去时，它才会彻底断开。

当然，这纯粹是我的一家之言。

那日，我与母亲做了最后的道别，走出医院，忽然感觉嗓子不太对劲。

接着，我走到车站搭乘新干线，途中不知为何，特别想吃冰淇淋。

现在回想起来，与其说当时格外想吃冰淇淋的是“我”，不如说是“我的身体”。

于是，我在车站前的店铺买了洋梨口味的冰淇淋。这种类型的冰淇淋，换作平日，我是绝对不会买的。

冰淇淋的滋味实在不怎么样，最终我也没能吃完。

我想，冥冥之中想吃冰淇淋的人，一定不是我，而是母亲。那一刻，她应该觉得非常馋。

我几乎可以确定自己的这一猜想。

那种感觉，或许与妊娠反应类似。

我时常听说，孕妇会忽然想吃一些平时不常吃的食物，并且根本无法抑制这种生理冲动。

那一刻的我便是如此。

人在“生产”与“死亡”的时刻，大约会爆发出平日难以想象的力量，导致某些非日常的事件发生。

母亲病逝前后，我都有过一些不可思议的经历。

以母亲的逝去为分界线，我禁不住觉得，自己正处于人生最显著的净化期。

而参与净化过程的要素，既有可见的，也有不可见的，既包含体外的，也包含体内的。

总而言之，我十分清楚哪些要素对自己来说是必需的，因此能够干脆利落地舍弃不需要的。

直至最后一刻仍旧萦绕在体内的“毒气”，随着母亲的死亡，倏然消散。

那根透明的脐带被完全剪断，我的身体仿佛轻盈地浮在半空。

当然，我仍会为母亲的逝去而悲伤，但人生也迎来了重置的良机。

我便是这样思考的。

母亲去世后数日，我收到一个令人欢欣雀跃的消息。

《山茶文具店》获得日本书店大奖提名。

啊！！！

一股纯粹的欢喜之情油然而生。

自去年年末开始，我的生活中出现一系列变故，以至于整个人时而逆风前行，险些被击倒，时而又乘风直上，诸事顺遂。拜他们所赐，这段时间我可谓非常忙碌。

毫无疑问，我迎来了人生的转折期。

收到提名消息后，我再次心想：写作，是母亲留给我的最大的礼物，希望今后自己能够切实发挥这项能力。

想必母亲也将十分欣慰。

是母亲的离开让我感受到，自己与她原来这般近。

门松

1月25日

说说不久前发生的事。新年期间，出现了一个令人深感扫兴的现象。

我家所在的集体公寓，原本每年辞旧迎新之际，都会摆放漂亮的门松。

大门玄关与公寓内的房间入口，两处地方一共摆放四个。

每当看见门松，我的内心便不由得生出“啊，新的一年即将到来”的昂扬情绪，整个人也感到神清气爽。

然而今年，门松不见了。

取而代之的，是贴在墙上的门松海报，实在令人咋舌。

这些海报毫无情致可言，由此我更加深刻地体会到，以前的门松赋予了正月多么凛然的气质。

连出租车司机都十分期待每年能在我家公寓的门口看到门松，并对今年门松缺席深感遗憾。

听说由于某些住户极力反对，公寓管理者才决定不再摆放门松。

本以为大家是为缴费问题争执不休，结果竟然不是。有人说“既然新年要摆放门松，那么圣诞节也希望摆放圣诞树”，有人说“不要把宗教信仰强加于人”，诸如此类，净是一些匪夷所思的借口。

因为户数较多，所以大家的意见难以统一。

在我看来，装饰门松的传统习俗应该延续，毕竟每家每户只需负担数百日元，就能心情愉悦地迎接新年。

果然是萝卜青菜，各有所爱。

这样想想，我又注意到，有人甚至会以噪声太大为由，抱怨除夕夜的钟声和新年防火夜巡的拍子木声。

我觉得，无论是除夕夜的钟声，还是新年防火夜巡的拍子木声，都是日本自古以来的良好风俗，并非一年到头响个不停。新年期间听一听，非常不错。

我的想法是，对于保育园或幼儿园引发的一系列噪声问题，有人放任不管，有人强烈反对，这都可以理解，但除夕夜的钟声和新年防火夜巡的拍子木声，怎么都不该视为噪声问题吧？莫非我的观点已经过时了？

总觉得难以理解。

门松、除夕夜的钟声、新年防火夜巡的拍子木声，理应代表日本美好的传统文化，假如将它们彻底废止，日本便会丧失它的特质，沦为浅薄庸俗的国家。

难以理解的，还有这个世界严重的贫富悬殊。

全世界最富裕的八个人所持有的资产，竟然等于从后往前倒数约三十六亿人（约占世界总人口的一半）的资产总额，这种现象明显是不正常的。

既然如此，不如将八位富豪的资产分一些送给倒数的那一半贫困人口如何？

要知道，哪怕一个人拥有数额再高的资产，这辈子也是花不完的，而钱又不能带去天国。

无论拥有多少财富，只要没有真正的食物，就不可能解决饥饿问题，即使把钱塞进嘴里也无法充饥。

难道那些富豪盘算着死后让钱随自己的遗体火化吗？

假设上限为一兆日元，那么有没有一种方法，能够让超出的金额不再归个人所有呢？就算只有一兆日元，也是相当庞大的数目。

一个人积累那样多的财富，真不知道打算如何使用。

昨天，久违地做了洋白菜肉卷。因为企鹅先生无比遗憾地对我说："最近，好像没怎么吃过洋白菜肉卷……"

然后，今天我将剩下的洋白菜肉卷切碎，加入番茄酱，拌在意大利面里。

费尽心思做出的洋白菜肉卷就这样被破坏掉，确实有点可惜，不过也给内心带来快慰。

明年，门松要是能够复活就好了。

但我属于少数派，也许今后的每一个新年，门松海报都会出现在公寓门口。

灵异现象？

1月31日

这是几日前发生的事。

那天下午，我躺在午休床上打盹儿。

正在充电的扫地机器人，忽然讲起话来。

“幽灵，程序错误！”

闻言，我吓得从床上一跃而起。

待我奔出房间，神情戒备地摆好姿势，才发现自己听错了，原来扫地机器人说的是“充电程序错误”。

我不认为扫地机器人的预设语言中会出现“幽灵，程序错误”之类的话，也许真是睡糊涂了，居然真的以为有幽灵出现。

不过，我家的扫地机器人曾有两次在深夜忽然开始打扫房间，说不定它是容易被附体的灵媒体质。

那天午后，当察觉是自己听错了，我不由得松了口气。

每逢有人去世，周围就会发生一些平日罕见的怪事。

因此，我的内心始终怀着一丝好奇。

不过，类似花瓶碎裂、笔悬浮在半空等显而易见的灵异现象，却从未出现过。

硬要说有什么的话，便是母亲去世前几日，夜半时分，企鹅先生清晰地听见母亲呼唤他的声音。

关于这件事，我隐约能够明白个中缘由。

企鹅先生号称“阿姨杀手”，连我母亲也十分喜欢他，总是对他格外疼爱。

因此，当母亲躺在病床上深感痛苦之际，她内心的呼唤说不定传递到了企鹅先生耳边。

企鹅先生说，那声音格外清晰，确确实实是在呼唤他。我想，也许他真的没有听错。

另一件怪事是，母亲死后数日，我在睡觉时感到额头变得格外温暖。

那种感觉，就像接触到一团慢慢变暖的空气。

它并非来自我的体温，而是从对面传来的。

“啊，刚才一定是母亲来了。”我想，心中一点都不害怕。

所谓体内的灵气，大概指的就是这种东西。

幽灵程序错误事件发生后的第二日，又或者是第三日。

清晨，我正在写稿，由利乃忽然狂吠起来。

要知道，无论面对的是人，还是其他狗狗，由利乃都不会狂吠。

而且，那时候它明明还在睡梦中，却猛地朝着玄关方向，用平日很少听闻的声音吼叫起来。

“母亲，是你吗？”

那个瞬间，我下意识地出声问道。当然，没有人回应我。

在此之前，我曾一刻不停地对母亲说话。

于是，我禁不住心想，也许是母亲前来与我道别。

那日午后，我开始努力地整理收件箱。

如今，我的人生主题是“净化与重置”。

我打算借此机会好好清理，让人生变得轻盈。

因为收件箱中堆满各种文件夹，所以我迟迟下不了决心，那天总算决定彻底整理一番。

就这样，我打开了一个很久不曾碰过的文件夹，它叫作“宝物”，里面存放着十年前母亲寄来的许多邮件。

我仔细数了数，大约有一百封。

长久以来，这些邮件被我存放在那种地方。但就连这件事本身，我也忘得一干二净。

甚至，我觉得自己就像第一次阅读这些邮件。

或许这是因为，我被日常生活与各项琐事所逼，根本没有时间静下心来，认真读一读它们。

然而，从邮件的语气来看，身为寄件人，当时的母亲心态格外平和，与我印象中的她判若两人。

十年之前，母亲是如此沉着冷静，这个发现让我感到既新鲜又惊讶，而我竟然对母亲的温柔性情一无所觉，这样的自己令我十分懊恼。

说不定哪天清晨，母亲是怀着“我们母女也曾有过如此温馨的时刻，要好好回想起来啊”的心情，来到我家，向我传达这一点。

收到这些邮件后，我们各自经历了太多艰辛之事，记忆中满是阴霾，以至于我完全忘记了从前的母亲有着怎样的性情。

我想要郑重地夸奖一遍十年前的自己，是她将母亲的这封邮件仔细地存放在名为“宝物”的文件夹中。

也许，母亲已经彻底离开了我。

对我而言，那是惊涛骇浪般的一个月。

眼下，我最想做的事情是撒豆子[1]。我要一边尽情地喊着“鬼在外！福在内！”，一边将豆子撒得满屋都是。

可是，炒熟的大豆是由利乃的最爱，撒在地上的话，它一定会敞开肚皮吃个痛快。

孩提时代，我家每年都会撒豆子。说起来，自从与企鹅先生一起生活，我就再也不曾撒过豆子。

终有一天，大家将不再撒豆子了吧？

如果被外国朋友瞧见，说不定他们会觉得这是十分有趣的风俗。

---

1. 日本人有在节分日撒豆子的习俗，节分是指立春、立夏、立秋、立冬的前一天，这里特指立春前日。撒豆一般用的是炒过的大豆，称作“福豆”，相传有驱邪避鬼的功效。

就在刚才，我发现家里的零食吃光了，于是做了咸甜口味的熟坚果。

只要有生坚果和枫糖浆，做起来就不算难。

这一次，我用了杏仁、腰果、普通核桃和美洲山核桃。

做出的熟坚果又脆又香，口感刚刚好。

黑熊与总统

2月2日

这天，我找出之前录制的黑熊电视节目观看，觉得很有意思。

据说，母熊蜷缩在洞内冬眠期间，会产下熊宝宝。

等到早春时节，母熊会带着刚出生不久的熊宝宝到洞外透气。

屏幕里，熊妈妈砰的一声坐在地上，给宝宝喂奶，陪宝宝玩耍。看着如此温馨的一幕，我不由得微微一笑。

然而这段时间，熊宝宝面临的危险一点也不少。

其中最可怕的，要数来自公熊（并非熊宝宝的亲生父亲）的袭击。它们通常会直接杀死熊宝宝。

至于理由，着实让人吃惊。

一般来说，哺育熊宝宝的母熊为了保证体内备有充足的奶水，不会在这段时间发情。

而公熊为了与看中的母熊交配，留下自己的后代，会选择直接夺取熊宝宝的生命。

节目中登场的母熊，已经连续两年被公熊杀掉自己的孩子。

我试着想象了一下那头母熊的心情，顿觉坐立不安。

不知道是什么原因支撑它产下并哺育熊宝宝的。

同样的现象若是放在人类身上，显然会造成相当严重的后果。

很久以前，人类是否也具备这种杀戮本能呢?

在其后的漫长岁月里，也许人类逐渐积累出“良知”，并终于演化成与普通动物截然不同的理性生物。

自由也好，平等也罢，无一不是人类经过千秋万代的努力，传承至今的思想。

而摧毁这些思想的，正是如今的美国总统。

他的言行举止太过幼稚，也太过无情。

他试图凭借一己之力，将全球卷入负能量的旋涡，想想都毛骨悚然。

每次看到类似的新闻，我便忍不住惊叹。

连日来，由于一直思考这些事，心情郁郁寡欢，今天却看到另一则报道。

报道称，美国加利福尼亚州新发现一种飞蛾，加拿大学者将其命名为“Neopalpa donaldtrumpi”（特朗普蛾）。

据说是因为那位总统的蓬松金发与飞蛾的黄色体毛（？）十分相似。

确实，两张照片几乎一模一样，令人忍俊不禁。

要知道，那可是飞蛾呢。

唉，被取这个名字的飞蛾也蛮可怜的。

真是会心一击！

如果没有看到这则报道，烦闷的情绪一定会继续在我体内发酵，带来更加不良的后果。

我要为加拿大学者鼓掌致敬。

话说回来，发布那种内容的总统令，真的能够防止恐怖袭击的发生吗？

他真的以为，仅靠一纸律令就能守护自己的国民？

我觉得，今后世界将面临更多恐怖活动带来的威胁。

此外，据调查结果显示，美国民众对那位总统的支持率竟然超过半数，这个数字实在令人心惊肉跳。

如同小孩无法选择亲生父母，民众也无法选择自己的祖国。

没有谁愿意沦为难民。

难道他从未想过，有朝一日，自己的国民或许也会沦落到类似的处境吗？

若事态持续恶化，长此以往，人类的制动装置终将丧失功能。

而人类经过数代努力，好不容易积累起来的成果，也会化为乌有。

这是非常非常悲哀的事情。

明天便是节分，要不要制作一个形似 donaldtrumpi 的面具呢？

海边的晴天

2月7日

这几日，我生活在镰仓。从我居住的地方出发，步行一两分钟便能抵达海边。

上次近山，这回面海。这便是我的镰仓生活。

同时拥有海与山的镰仓，是一座多么“奢华”的小城。

或许是我的错觉，镰仓的海边与山间，似乎有着不同颜色的天空。

靠海的那一侧，即便看不见海平面，也给人“大海近在咫尺”的印象。

黄昏时分，我来到海边散步。明明气温很低，依然有不少人兴高采烈地享受冲浪。

他们漂浮在海平面上，等待一波又一波海浪的来临。

海浪带着“嘿呀——”的气势，仿佛制作海苔卷寿司一般，不断翻涌而来。

海浪之上，冲浪者高高站立，竭力保持身体平衡。

那一刻，想必他们的心情十分舒畅。

一旦体会到那种快感，人就会沉浸其中，欲罢不能。

什么时候我也能够享受冲浪带来的乐趣呢？一转念，又觉得自己有些可笑。

不过，人生无常，世事难料。有些事情，我们很难断定它一定不会发生。

到了这个岁数，人便会明白，没有什么是绝对的。

没错，“绝对”是不存在的。

比如绝对正确、绝对错误等等。

所以，人生才会充满难题。

几名穿着学生制服的男孩不停地将一桶桶沙子随意倾倒在海滩上。见此情形，我以为他们是要打造什么艺术作品，结果几人只是用铲子将四散在台阶与道路两侧的沙子铲到一块儿，倒回海滩。

真了不起。

初中时，学校会组织大家参与清扫校门口积雪的志愿活动，眼前这些男孩子的行为，大概与之相似。

不远处的一群少男少女正在玩“花一匁[1]”游戏，看上去约莫十岁的年纪，绝非孩童。

此外，海滩上还能见到许多宠物犬。

这回，我将由利乃留在东京陪企鹅先生看家，此时遇见别家的狗狗，我便有些想念它。

每次造访镰仓，我都禁不住感叹，生活在这里的狗狗真的很幸福。

对于镰仓的地形，近山那侧我已十分熟悉，面海这边我却是初来乍到，于是我漫不经心地在巷弄里闲逛。

江之电的铁轨沿线坐落着一户户人家，许多小巷细细长长，仅容人与猫狗穿行。

仅仅是在这座小城中走着，便感觉心情愉悦。

---

1. 花一匁：日本的传统童谣，同时也是一种儿童游戏，参加游戏的孩子分为两组，游戏规则包括唱歌、猜拳、赢取对方成员等等。匁是尺贯法计量单位，约合 3.75 克。

结束巷弄漫步，再次靠近大海，天空完全被夕阳染成一片樱粉色。

啊，真美。

下次便趁着夜色，去观赏满天的星辰吧。

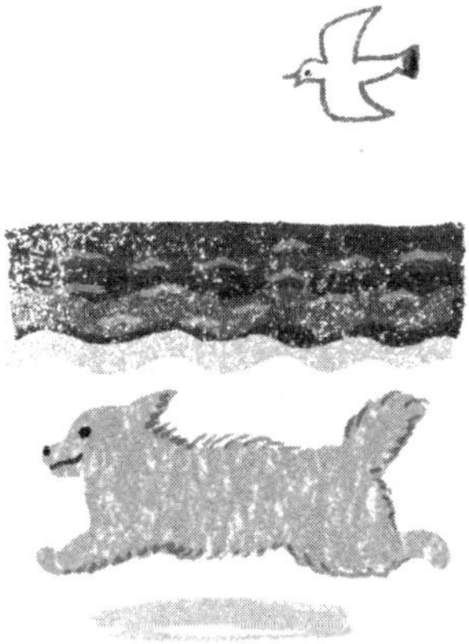

闲谈 2月8日

今天，来到纪之国屋停车场前新开张的 OXYMORON 品尝咖喱。

用完餐，我坐在靠窗的吧台座位上喝咖啡，隔壁桌坐着一位五十多岁的气质优雅的女子。

起初我只是被她吸引，不由得打量了她几眼，没想到中途发生了一桩小小的意外。服务员似乎送错了料理，女子正在享用的咖喱并非她点的那一款。

女子告诉服务员，这盘咖喱她已经动过，不必再换，服务员却断然拒绝，表示她点的那份咖喱已经做好了。于是，双方争执起来。

确实，刚才我便觉得有些奇怪，女子点单后，服务员的上餐速度竟然快得惊人。

最终，在服务员的一再坚持下，女子得以同时享用两种口味的咖喱。

待双方的争执告一段落，我觉得实在好笑，便主动与女子攀谈，恰好女子也正欲同我搭话。

据她说，她是被我吸引才走进这家店用餐的。

“我在对面瞧见您，觉得您的穿搭风格非常有型，忍不住跟着走了进来。”她解释道。

此时此刻，我全身上下裹得严严实实的，犹如一头熊，凑近细看，丝毫谈不上有型，不过女子的夸赞着实令我心花怒放。

接下来，我俩开始闲话家常，聊得格外投缘。

这种看似微不足道的意趣相投，完全体现了镰仓的风格。

换作在东京，根本不可能有这样的邂逅。

而且，人与人之间并不过分亲昵，这是在镰仓才有的人际关系。

我非常喜欢这种轻盈爽快的感觉。

与柏林人给我的印象类似。

吃完咖喱，我离开店铺，朝近山的方向走去。

途中不知不觉地爬上了山道。

天清气朗，令人心旷神怡。

我的脚上穿着 Birkenstock 牌懒人鞋，一不留神就会跌倒，心里禁不住有些害怕。

置身如此低矮的山丘，要是迎面走来某个人，想必双方会互相致意，道一声“您好”什么的。这种随性的日常生活，真的非常不错。

我其实并不清楚，散步途中应该何时冲对方打招呼，何时保持缄默。

莫非根据脚底踩的是泥土还是柏油马路？

走下山丘，耳畔忽然传来窸窸窣窣的声响，我戒备地抬起头四下打量，原来是一只松鼠。

那个瞬间，我忽然有些想念由利乃。

我仔细看着松鼠，心想，它与由利乃长得可真像，于是冲它打了几声招呼：“你好呀！”松鼠留下它的粪便，径自消失在树丛中。

唉，真可惜。

我本想好好和这只松鼠聊聊天呢。

我沿着脚下的道路，一鼓作气地走到瑞泉寺。

镰仓寺院众多，瑞泉寺是其中我颇为喜爱的一处名胜。

这个季节，适逢寺内的梅花、水仙、结香、山茶等次第开放，此寺是赏花的绝佳去处。

上次造访时正值夏季，这样看来，说不定我更喜欢冬日的镰仓。

对了，连载于“糸通信”栏目中的日记，正式以文库本形式出版上市！

这次，我为它取名《犬与企鹅与我》。

睽违多时，企鹅先生终于回归书名。

企鹅先生表示他有些开心。

不过，随即他就神情遗憾地嘟囔道：“由利乃还是排在我的前面哪。”

满月之夜

2月12日

昨日，天空久违地放了晴，于是我出发前往三崎港，展开一趟“大人的远足”。

途中换乘电车，最终在三崎口站下车，乘坐巴士抵达三崎港。

原本以为车上空空荡荡的，谁知昨天恰逢节假日，当地似乎在举办庆典活动，路上交通拥堵，巴士里也人满为患，堪比满员的电车。

好不容易抵达目的地，来到此前相中的餐馆，却见店门口早已大排长龙。

我琢磨着，毕竟难得过来一趟，很想尝尝当地的美食，于是冒着寒冷的海风，独自耐心等待。

大约排了一个小时，终于进入餐馆。

这家餐馆兼做鱼铺，贩卖各式各样令人垂涎的鲜鱼。

提到三崎，首先浮现在脑海里的当然是金枪鱼。这样想着，我毫不犹豫地点了金枪鱼的红肉刺身，没想到，从一开始自己就犯下大错。

不出所料，金枪鱼刺身尚未彻底解冻。

唉，为什么刚才没点盐渍竹荚鱼干或是盐烤青花鱼呢，我一边在心里暗暗咒骂自己的选择，一边用热气腾腾的米饭温暖金枪鱼刺身。

如果事先彻底解冻，金枪鱼的红肉刺身会是一道风味独特的佳肴。此刻，刺身内部依然冷冰冰的，口感脆硬，根本尝不出原本的鲜味。

刚才在店外排队的时候，身体便已受够了寒风的侵袭，现在吃着冰凉的刺身，只觉更加寒冷。

好冷，好冷，我哆哆嗦嗦地将刺身一口一口送进嘴里。

三崎就等于金枪鱼，按照愚蠢的固有认知来点餐，我活脱儿是一个傻瓜。

吃完刺身，我重新打起精神，前往心仪已久的咖啡馆。

这里的一切都是那样让人满意，无可挑剔。

坐在二楼的座位上，透过玻璃窗，港口的风景尽收眼底。

无论是草莓口味的水果馅饼，还是咖啡欧蕾，都让味蕾得到了满足。

我拿出一本书慢慢翻看，不知不觉间，已过下午 4 点。

我急忙起身返回室内，加了些衣服，再次外出。

昨晚刚好是满月之夜。

听说茅崎有一家只在满月之夜营业的店铺，客人们可以在那里享用料理与美酒，还能坐在篝火旁赏月。

于是，我跟随小音店铺里的员工，一道前往茅崎。

穿着厚厚的衣服过去，果然是明智的选择。

用拉面与饺子填饱肚子后，我端了一杯红酒坐在篝火旁。

空中的满月，皎洁莹润。

篝火周围暖烘烘的。

无疑是赏月的最佳搭档。

时间一分一秒地流逝，火苗渐渐稳定下来，地面上烧得通红的炭块发出耀眼的光辉。

炭块被堆成圆形，看起来仿佛一轮鲜红的月亮。

我禁不住回想起去年在拉脱维亚参加的夏至庆典。

为什么只是坐在一旁看着篝火，内心就能如此平静呢？

大部分客人是骑着自行车过来的。自己家附近能有这么一个赏月的好去处，令人无比羡慕。

眼下，由利乃与企鹅先生都不在镰仓，我切实体会了一番单身女子的心情。

桃花

2月18日

结束镰仓的单身生活后，我返回了东京。

昨天，我家来了一只名为可乐的狗狗，于是，家里变成名副其实的二人二犬。

我不在的这段时间，企鹅先生似乎有些寂寞。

刚到家，我便迫不及待地装饰起女儿节人偶。

往年我曾因为疏忽大意忘记了摆放，于是今年提前做好了万全的准备。

果然，亲手装饰的女儿节人偶是最漂亮的。

傍晚，我与企鹅先生各自带上一只狗狗出门散步，途中路过一家花店，买了一束桃花。

虽说只花了五百日元，但这束花看起来格外漂亮。

这次在镰仓，跟随小音去了许多地方。

小音与我的年龄差堪比母女（事实上，小音的女儿与我同岁），但我们是名副其实的朋友。

在此之前，我从未感觉小音像一位母亲。

我们时常互相扶持，彼此之间基本上是一种对等关系。

我的朋友不算多，生活中却常常承他们的情，他们都是很棒的人。

因此，我一直觉得自己非常幸运。

老实说，虽然与至亲关系疏远，但在血缘之外的地方，我还有深厚的友谊作为补偿。

如果与母亲之间并无隔阂，那么我就不会像今日一般，成为一名作家。

从这个意义上说，自己确实经历过不少挫折，但那些光阴并非虚度。

在镰仓，当我与小音沿着海边的国道开车兜风时，我觉得母亲生前也曾盼望与我如此消磨余暇，想着想着，眼泪险些夺眶而出。

如今，我们结束了母女间漫长的对抗，反倒愿意称赞对方过去所付出的全部努力。

正月期间手忙脚乱，完全顾不上休息，对我而言，此时此刻才是真正的新年假期。

下周打算与小音一块儿出游，享受三天的温泉疗养之旅。

啊，真想舒舒服服地泡一次温泉。

说起来，母亲辞世前留下的最后一句话是“希望能够尽快去旅行”。

同我一样，母亲也十分喜爱温泉。

这次我要用温泉疗愈身心，连同母亲的份儿一起。

毕业祝贺

2月21日

昨天，由利乃从幼儿园毕业了。

起初，我对宠物犬幼儿园毫无了解，抱着半信半疑的态度，后来发现，让由利乃去上幼儿园是无比正确的决定。

不过，与其说是“幼儿园”，不如称之为“宠物学校”，这个名字更加简明易懂。

记得在由利乃五个月大时，我开始送它进幼儿园，如今它已过了两岁半。这两年间，它每周都会在那里待上一天。

第一天去幼儿园，它就被其他狗狗的气势所震慑，无精打采地垂着尾巴，第二回改善了许多，变得兴致勃勃的，充满期待。清晨，园长亲自来我家迎接，它会兴奋得不停摇尾巴，然后欢天喜地地跟着园长出门。

与上幼儿园之前的由利乃相比，上幼儿园之后的它性格有了巨大的转变。

自从开始去幼儿园，由利乃就变得格外活泼开朗。对其他狗狗也好，对人也罢，它都愿意敞开心扉。

带着由利乃去散步的途中，我发现不少宠物犬会冲别人家的狗狗狂吠。

有的宠物犬则不懂得如何向同类打招呼，或是与它们玩耍。

究其原因，大概是天生的性格使然，以及在幼犬时代没能拓展一定的社会性。

相较之下，宠物犬幼儿园却赋予由利乃和我太多学习的机会。

每一次，幼儿园的联络簿上都详细记录着由利乃当日的生活状况、训练内容，指导员还会发来大量照片与影像资料。我对他们的辛勤工作十分感激。

两年来，由利乃学会了很多事情。

同时，它让我明白一个道理：爱是深沉无边的。在我心里，由利乃就是无可取代的存在。

我非常爱它，这种爱意有时甚至令我不知所措。

它日复一日地为我和企鹅先生创造喜悦，也带来好运。

因此，我们的幸福得以日日更新。

在它来到我家之前，我从未觉察，原来自己也能给予别的人、事、物如此多的爱心。

将来某天，如果由利乃死去，我当然，不，准确来说是"毫无疑问"，我毫无疑问会沉浸在悲伤与懊恼中无法自拔。

再说，我不可能为了回避这一天的到来而压抑内心的爱意，既然如此，只能做好心理准备，"不撞南墙不回头"了。

人类的小孩会在成年后离开父母，独自生活，而宠物会一直陪在主人身边，直至它们的生命走到尽头。

哪怕是十五岁"高龄"，一些宠物犬也会陪主人优哉游哉地散步。每当遇见这样的狗狗，我就忍不住对它说："真了不起，要长长久久地活下去哟。"

由利乃让我的世界变得丰富多彩。

昨天，为了祝贺由利乃顺利毕业，我做了煎火腿肉排。

平日里，我家通常会买美味的薄切火腿，但企鹅先生表示，这次无论如何也想尝尝厚切火腿，并且指明要用煎牛排的方法来做。

嗯，就味道而言，我觉得薄切火腿更加香醇可口，不过，有的料理就是这样，不实际试试，是没法得出结论的。也许，这道菜更适合用牛排来做。

此外，我还拌了加有八朔橘的绿叶沙拉。

我们居住的集体公寓的中庭里种着八朔橘。昨天拌沙拉用的八朔橘，就是从庭院里摘来的。

虽然生长在远离大自然的环境中，但那里的八朔橘依然富含天然的柑橘香味，真厉害。

昨天是工作日，为了庆祝由利乃顺利毕业，我还是开了一瓶白葡萄酒，与企鹅先生干了杯。

送给由利乃的毕业礼物，是杏干。

春日甘霖

3月3日

温泉疗养十分惬意。

整整一天，除了泡澡什么都不必做，那种彻底放松的感觉让人欲罢不能。

其实独自一人也能享受温泉，不过若有朋友相伴，泡澡时能有一搭没一搭地闲聊几句，也是相当不错的。

三天的温泉旅行期间，我和小音除了吃饭睡觉，其他时候几乎都是赤身裸体。

并且，我在心里悄悄对母亲说了许多话。

母亲也很喜爱泡温泉，我总感觉她的气息无处不在。

直至她去世，我都没能带着她享受一次温泉。为此，我打从心底感到遗憾，但这也是没办法的事。

如今她已重获自由，希望她能够随心所欲地前往任何一个温泉乡。

旅行的第三日，是个雨天。

我们冒着细雨去泡露天温泉，池面微波荡漾。

这种泡法，竟也令人心情舒畅。

我是这家温泉旅馆的常客。旅馆为客人提供的美味料理，成为我旅行途中又一个期待。

这里的晚餐美其名曰养生料理，主要由玄米、素食组成，品相非常精致，滋味也确实地道。

早餐是典型的和风料理，通常用鱼类搭配豆腐汤。我觉得，只要长期坚持食用，健康状况一定能得到明显的改善。

有的客人会在旅馆连住五天，有的客人则选择在这里养病，平日里泡泡温泉，享用养生料理，彻底放松身心。

我曾目睹一对夫妇语气亲昵地与认识的熟客寒暄：“下个月见啦。”说完便回家去了。

看来享受温泉的同时，大家也结识了新朋友。

让我感到特别有意思的是，不少看似对日本文化毫无兴趣的年轻人，竟也结伴来泡温泉。

果然要归功于体内日本人的基因吧。

他们中有正值叛逆期的初高中生，有交往不久的年轻情侣，有在大学里同属一个社团的学生。表面上看，许多人都不像喜欢温泉的样子，但其实他们很乐于享受这种当日往返的温泉旅行。

而且泡温泉的时候，每个人脸上都浮现出率真的表情。

这一次，留宿旅馆的几位外国客人引起了我的注意。

他们有的是和朋友相约而来的，有的是和恋人到此度假的，总之，每个人都用心品味着日本的温泉文化。

只要愿意遵守基本规则，无论哪个国家的客人，我们都热烈欢迎。

如果能将日本人所钟爱的温泉文化与来自全世界的客人分享，我会非常开心。

泡完温泉回家，人已累得精疲力竭，谁知才刚回来，鼻子就开始发痒。

起初被企鹅先生说了几句，我并未放在心上，想着“反正已经喝了杉桧清凉饮料”。就这样平安无事地撑了两三天，然后咳嗽便再也止不住了。

而且，我还在空气寒冷的地方待了几小时，浑身发冷，可能有些感冒。整整一周，我都过得很痛苦，承受着感冒与花粉症的双重打击。

咳嗽是非常消耗体力的。

不过，折腾我的真是花粉吗？

怎么说呢，总觉得有一些极其微小的颗粒跑进体内，在里面捣鬼。

有时，我甚至感觉肺部深处一阵抽痛。

莫非是吸入了大气中的有害颗粒物所致？

真可怕。

所幸下雨时，这种症状稍有缓解，这让我对雨天格外眷恋。

崭新的一步

3月19日

大约一周前，拉拉一家来我家做客。

我已很久没与拉拉见面。自从拉拉的母亲生下她的弟弟，他们一家就很少来玩。

今年春天，拉拉就念小学六年级了。

她在3月出生，至今仍是班里个头最小的姑娘。

不过，听说最近她终于可以穿上120码的衣服，身高也超过140厘米，身心皆以惊人的速度茁壮成长。

拉拉从小就格外聪明，近来越发稳重端庄，与我们聊天时总能侃侃而谈，对答如流。

我十分庆幸自己能够陪在她身边，见证她的成长。

今年两岁的吴君（拉拉的弟弟）是一个活力十足的小男孩。

平日散步时遇到别家的狗狗，由利乃准会追着对方跑来跑去，而一旦遇到吴君，情势就完全反转，变成吴君在后面一个劲地追，由利乃在前面拼了命地逃。

由利乃神情为难，小脸上清清楚楚地写着“救救我”的字样。

平日，只有在宠物医院打针的时候，由利乃会主动抱住我。被吴君追得团团转时，它也会躲在我身后，紧紧靠着我。

有时我见由利乃过于害怕，便拿出它的笼子，让它进去避难。谁知吴君干脆在地上滚着笼子玩耍，想逼由利乃出来。

这是小孩调皮的天性。

不过，要是看见由利乃蜷缩成一团，躲在笼子深处，吴君就会把自己的玩具摆在笼子前，一字一顿地引诱道：“来——玩——吧，来——玩——吧。”

看着这样的他，我禁不住微微一笑。

与吴君的母亲聊天，感觉目前她正处于最辛苦的时期。

她得寸步不离地守着儿子，随时给他喂奶。

这项“母亲之业”，一年三百六十五天，每天二十四小时从未间断，带来欢乐的同时，也消耗大量精力。

“母亲”真了不起。

做饭前我问拉拉今日想吃什么，果然，她的回答是“炸米团子”和“烤米棒”。

拉拉很小的时候我给她做过这两道菜，似乎格外合她的口味，从那之后，每次让拉拉点菜，她一定会提及这两道料理。

当天，我事先准备了别的菜单，希望让拉拉品尝不同风味的美食，然而听她那么说，心里又十分高兴，毕竟这两道料理让她记挂如此之久。

第一次吃烤米棒时，拉拉兴奋地高声尖叫：“好好吃！”然后在房间里开心地转起了圈圈。

这一回，我还做了烤牛肉、鲷鱼盐釜烧。

我对鲷鱼盐釜烧一直很感兴趣，近来刚好买到肥美的鲷鱼，于是下决心挑战这道料理。

实际做起来比想象中简单一些，只需用加入食盐的蛋清包裹住鲷鱼，放在烤箱里烤就行了。

我有些担心，放那么多盐，鲷鱼会不会很咸？吃的时候发现味道刚刚好，用来下酒最合适不过。

这道鲷鱼盐釜烧品相精美，做法简单，只要买到便宜又新鲜的鲷鱼，就能在家试着做一做。

如果将鲷鱼换成别的食材，比如整鸡，那么吃法上还能有许多新花样。

因为有孩子一起，所以我们将晚上的聚餐改到白天。中午开始悠闲地吃吃喝喝，颇有几分意大利人的感觉，心情十分愉快。

那天之后，我便去了濑户内，进行为期三天的取材。时间一点一点来到今日。

自从进入 3 月，整个人都忙得分身乏术。

明天，我将出发前往柏林。

与往年不同，今年我计划在柏林多住些日子。

对了，有两件事想与大家分享。

从 4 月 14 日（周五）开始，NHK（日本广播协会）将播出电视剧《山茶文具店》！

由多部未华子饰演女主角波波（鸠子的小名）。

本剧于深夜 10 点开播，请大家一定不要错过。

另外，从 4 月 2 日（周日）开始，NHK 广播第 1 频道也将播出这部小说的同名广播剧。

节目叫作“新日曜名作座”，由西田敏行先生与竹下景子女士负责为该剧所有角色配音。如有机会，还请大家多多支持。

母亲住院时经常收听广播节目，可惜没能等到这部广播剧开播，她便过世了。

想到这里，我的内心有些遗憾。要是她在住院期间能够看看电视，听听广播剧，哪怕只是笑一笑，暂时遗忘身体的病痛，我也觉得比什么都令人开心。

《山茶文具店》的续篇已进入连载阶段，对我而言，无异于迈出崭新的一步。

以花饰屋

3月24日

前往柏林那天的清晨，我用冰箱里剩下的盐鲑鱼捏了饭团，带着它们坐上飞机。

若是国内旅行也就罢了，这次毕竟是去国外，自备饭团搭乘飞往欧洲的航班，大概有点标新立异。不过坐上飞机后，我发现这个决定是正确的。

比富含矿物质的乏味飞机餐好吃多了。

这次乘飞机，由利乃显得格外神经质。

上回无论去程还是返程，它都泰然自若，因此我完全放松了警惕。

早知如此，应该提前训练它，让它在专用宠物旅行箱里待久一些，以便适应长时间的空中飞行。

或许给它服用安眠药是不错的选择，至少可以缓解长途旅行带来的精神压力。

不过，由利乃好似十分中意柏林的这套房子，成天活蹦乱跳。

散步时，它将尾巴翘得高高的，模样特别开心。

公寓原本是我某位朋友的居所，后来朋友回日本定居，便让我过去借住。

以前来柏林旅行时，我曾在这里住过三周。

据我观察，企鹅先生对公寓也很满意。抵达这里的第一晚，他便迫不及待地收拾出自己的书房。

未来一段时间，这里将是我们在柏林的新家。

朋友为我们留下了冰箱、洗衣机、餐具、床、餐桌等等，这些家具可以满足最低限度的生活需求。即使初来乍到，我们也能迅速进入日常生活状态，朋友的贴心举动让我感激不尽。

抵达柏林的第二天，我用从日本带来的关东煮食材做了一锅关东煮，邀请布里茨（我的德语老师）来我家品尝日本酒。

记不清自己是第几次来到柏林。

我对这个城市早已适应，完全没有置身海外的漂泊感，犹如生活在日本的某座地方小城。

柏林的天气，并不如预想中那么寒冷。

最高气温甚至比东京还要高一些。

多亏公寓配有集中供暖设备，待在家里反而不会感觉太冷。

不过，这也是酷寒季节已经过去的缘故。

柏林的花渐渐开了，人人似乎都在翘首以盼，等待春日来临。

天气晴好时，大家便喜欢来到户外，有的喝咖啡，有的吃冰淇淋。

大约春暖花开总是能够抚慰人的情绪，让内心变得柔软安定。

从今以后，白昼将越来越长。

听说柏林在本周日进入夏令时，较之冬季，时间会调快一小时。

这几日，我与企鹅先生一块儿购置新的餐具，将家具位置也做了调整。两人似乎再次回到谈恋爱那会儿，感觉很是新鲜。

昨天带着由利乃出门散步时，路过一家花店，买了一束郁金香。

一束大约 1.5 欧元，相当于 200 日元。

清晨醒来，发现昨日低头不语的郁金香正对着阳光绽开花蕾，像极了由利乃缠着我讨要狗粮时的模样。

以前来柏林，只是寄宿在朋友家中，也没有心情在屋子里装饰鲜花，如今却不一样。这里就是我在柏林的家，我可以安安心心地买来鲜花装饰房间，用称手的厨具烹饪料理。

与从前相比，有很大的区别。

虽然抵达柏林不过短短四天，我却觉得自己在这里生活了很久很久。

今后，我要与这个家更加亲密无间。

要在德国交许多朋友，要在德国创作大量作品，还要努力学习德语，用它进行日常交流！

炒饭纪念日

3月26日

开了，开了。仿佛眨眼之间，郁金香便已向阳盛放。

大概因为房间的采光非常好，郁金香开得比往年要早。

今天是周日。

柏林在周六的深夜进入夏令时，清晨醒来，我就将时钟调快了一小时。

天空湛蓝。

今天实在很有周日的氛围，我来到公寓附近的蛋糕店，只见不少人神情悠闲地坐在室外喝咖啡。

春天已然降临。

从日本寄来的行李也送到了公寓，不幸的是，碎掉了两个大碗和一个杯子。

如此一来，家里就剩一个大碗完好无损，引得我一阵捶胸顿足。

当初打包得再结实些就好了，我在心里反省。

考虑到行李超重问题，这次寄来柏林的餐具主要是一些漆器，幸运的是它们毫发无损。

很好，漆器果然既轻巧又结实。

企鹅先生抱怨不能用洗碗机清洗，但我一向偏爱木质餐具。吃饭时如果使用漆器，我会更加安心。

仿佛日本就在伸手可及之处。

德国的快递服务叫作 DHL。

顾客无法指定快递配送时间，如果收件人不能及时取件，派送员就会把包裹寄放在邻居那里。

我在网上为由利乃订购狗粮后，通常会提前收到一封邮件，通知我包裹将于何时送达。

如果我不在家，包裹往往会被寄放在公寓一楼的小店里。

此外，倘若顾客无法在家收取包裹，可以指定派送员将包裹投递到附近的 DHL 连锁店（类似日本的便利店）。

在日本，快递派送员的工作条件大多存在问题，如果不切实改善他们的就业环境，长此以往，日本的快递业终将无以为继。

不少年轻小哥刚进入这个行业时，往往精神抖擞地前来派件，过不了多久就变得神情憔悴，疲惫不堪，总是挂着黑眼圈。每次看到他们，我都觉得于心不忍。

以两个小时为限规定派送任务实在太过分了，我认为，这种现象属于服务过度。

有人觉得，如果在指定时间内没法取件，那么等到下次派送时，追加一笔派送费就万事大吉了。然而，这样做真的可以解决一切问题吗?

在我看来，这些人实在过于依赖快递服务了。

现在我家所在的公寓就是这样，然而，柏林的住宅大部分没有电梯。

如此一来，派送员不得不跑上跑下，大汗淋漓地搬运重物，非常辛苦。

我认为，顾客必须付出一定程度的努力，至少不应再给派送员增加不必要的负担。

现在，我家也会让住在楼上的邻居暂时存放他们的包裹。

适当地做出一些退让，有何不可呢？

今早，企鹅先生亲自做了炒饭。

事实上，自从来到柏林，他就为如何煮出好吃的米饭花了不少心思。

由于我家现在使用的是电磁炉，如何精准地掌握火候就成了一道难题。

失败三次后，企鹅先生终于在第四次煮出好吃的米饭，于是打算将它做成炒饭。

这次没有放入烤猪肉丁，而是以火腿代替。

味道堪称完美。

木碗里盛的，是用海莴苣熬煮的蔬菜汤。

就这样，我家的日常生活节奏基本上稳定下来，从明天起，我便恢复正常的工作模式。

必须好好写稿了！

赏花去

3月31日

柏林的气候好像比东京温暖。

天气预报说，今日最高气温超过20℃，街上已能看到穿短袖甚至无袖夏装的人。

附近公园里的树，昨天还光秃秃的，今日却抽出浅黄的新芽。

昨天带由利乃注射了狂犬疫苗，回家路上，发现公寓周围种着樱花行道树。

与日本的樱花树相比，这里的花枝看起来有些不一样，不过确实是樱花无疑。

眼下正值花期，满树芳菲，是赏樱的好时节。

今天与企鹅先生一块儿去那里赏花。

真是春光明媚。

前天买到一些不错的蘑菇，于是突发奇想，尝试做了蘑菇浓汤。

从日本寄来的 Bamix 搅拌棒正好派上用场。

浓汤的滋味比预想中更加香浓可口。

尽管这回一口气做了两日份的浓汤，然而还是被企鹅先生一扫而空。

这几天，糠味噌的酿制非常顺利。

柏林的黄瓜与日本的可能不是一个品种（总觉得这里的黄瓜吃起来不够爽脆，瓜瓤偏软），无法做成以前在日本吃过的糠渍黄瓜，但也别有一番风味。

眼下，我正在制作糠渍萝卜。

希望加入美味的啤酒后，酱醪能够充分发酵，变成优质的糠味噌。

前几天逛超市时，发现蔬果区的货架上摆着牛蒡。

真的是牛蒡吗？我半信半疑地想着，回家一查，真的是货真价实的牛蒡。

居然能在柏林买到牛蒡！

这个全新的发现，让向来偏爱根茎类蔬菜的我喜出望外。

不管怎么说，生活在远离日本的异国他乡，最令人怀念的便是根茎类蔬菜。

如此看来，若是能够买到莲藕，我简直就要鼓掌欢呼了。

今日稍晚一些的时候，打算做牛肉牛蒡甘辛煮。

祖母住在仙台。从前我们去仙台探望她时，她经常会做这道菜招待我们。

能在柏林吃上牛肉牛蒡甘辛煮，我很开心。

家里的盆栽水仙也已开花，花姿袅娜，清香扑鼻。

复活节临近，花店老板在店内装饰了许多彩蛋。

单身赴任

4月10日

刚才送企鹅先生出门。

他在日本还有工作要做，于是独自返回东京赴任。

几天之前，他便时不时小声抱怨，但这又有什么办法呢？

由利乃陪我留在柏林，努力学习德语。

清晨起来，打算做口袋饭团。

前几天去赏花时，也做过这种饭团。

不用捏的口袋饭团，制作工序真的非常简单。

之前用冰箱里剩余的纳豆和牛油果为馅料。

搭乘ICE（德国高速列车）时，我拿出口袋饭团准备享用。本来担心味道太重，影响其他乘客，结果什么问题都没有。

口袋饭团，万岁！

今天在饭团里放了猪肉生姜烧。

供企鹅先生搭乘航班从赫尔辛基飞往成田的途中食用。

出发前他说，如果加点腌萝卜、咸梅干就更好了，于是我减少了米饭的分量，做成小个头的饭团。

飞抵成田机场前，将饭团作为早餐来吃也不错。

在我看来，口袋饭团约等于米饭版三明治。

尽管需要使用不少海苔，做法却不复杂，吃法也很简单。身在异国，能够吃到这种饭团，实属难得。

早晨还做了米粉。

米粉是从我家附近的亚洲食材店买来的，今天第一次使用。

将猪肉、黑木耳、晒干的冬菇和夏南瓜下锅炒熟，加入米粉。

感觉味道与小时候在仙台尝过的祖母做的米粉有些相似。

战争时期，祖母住在台湾，从当地的帮工那里学会了这道料理，她做的米粉口味肯定非常正宗。

在日本，大家很少用夏南瓜做菜，不过柏林的夏南瓜非常新鲜，帮了大忙。

这次加了三小捆米粉，分量十足，原本担心做得太多，谁知最后被我俩吃得精光。

企鹅先生平安抵达泰格尔机场，现在正排队办理登机手续。

接下来的三个月，我们将分居两地，多少感觉有些寂寞。不过，毕竟各自都有事情要做，若将精力集中在正事上，三个月的时间应该很快便会过去。

我这边有由利乃陪着，并不需要担心。企鹅先生却比较惨，没有由利乃相伴，他甚至有点神经过敏。

这是理所当然的，由利乃早已成为我们的家人。

总之，为了下一次能够顺顺利利地再会于柏林，必须放松情绪。

今日的柏林，天气晴朗。

我家附近的公园里草木葱茏，绿意盎然，看着它们，仿佛内心也得到了净化。

明日开始又要降温，今天便尽情地感受阳光吧。

神龛

4月13日

有时，母亲会来家里做客。

虽然这很有可能只是我的错觉，不过有几次家里真的发生了奇怪的事情，让我不得不相信。

我将母亲这样做的理由理解成彰显自己的存在，或希望我夸夸她。总之，最近家里经常掉落物品，而且每次都是同一件物品。

东京家里的卫生间墙上装有小小的置物架。

架子上摆放着三个从德国订购的手工木雕迷你玩偶。唯独那只雌鹿玩偶时不时会从架子上掉落。

一开始，我以为是企鹅先生的恶作剧，每次见它掉在地上，就捡起来重新放回原处。

然而有一天，我向企鹅先生确认这件事，他说不是他弄的。

我着实纳闷，这事无论如何也说不通。

不可能是被风刮到地上的，从它掉落的位置来看，就算是从架子上自然掉落，也不可能落在那种地方。而且，每次都是同一只雌鹿玩偶。

我的心里涌起不祥的预感，莫非它在警示我，未来将会发生不幸的事？然而转念一想，又觉得可能是母亲做的，因为如此一来，一切便说得通了。

于是，我慢慢提高难度，改变了雌鹿的摆放位置，心想，这下你无法把它弄在地上了吧。

没过几小时，雌鹿再次掉在地上，我越发确信这是母亲做的。

每次见到掉落的雌鹿，我都会在心里夸奖母亲：真厉害呢！

母亲去世后我才察觉，生前，她其实一直希望得到我的称赞。

我想，她是希望为女儿所喜爱、夸奖，并且认同的。

如此简单的事情，母亲生前我却毫无觉察，一直与她进行无谓的争斗。

要是我能早些察觉，一定能改善与母亲的关系。

我在心里思索着，来到柏林后，情况又会变得如何呢？结果，抵达的第二天夜里，便听到屋里发出极大的响声。

企鹅先生睡得十分香甜，我与由利乃却猛地起身。

翌日起床才发现，原来是企鹅先生放在桌上的手机落在了地板上。

企鹅先生说："手机绝不可能自己掉下去。"确实，无论怎么样手机都不应该掉下去，但它就是掉下去了。

应该是母亲吧，我们得出这个结论。

母亲在世时从未到国外旅行，莫非辞世之后，竟然来到异国游玩？

母亲去世前，我对神龛、墓碑、祭拜等丧葬风俗毫无兴趣。

因为我始终觉得，这些形式徒有其表，不具备任何意义。

然而，曾经这样想的我，现在每天早晨都会在母亲的神龛前供奉线香与清茶，并双手合十地祷告。

说是神龛，不过是手工制作的祭坛罢了。

我将它摆在靠窗的位置，祷告时刚好面朝天空，感觉不错。

同时，我的祷告也包含对先祖的感激之情，恳请他们对新加入的母亲多多关照。

每逢家里有母亲喜欢的东西，我便会供奉在神龛前。

母亲生前我们无法彼此理解，疏远得犹如水与油，如今，我的心里反而时常产生相依相伴的感觉。

我不知道怎么形容，那种感觉类似主人与宠物。

而且，即便用这些字眼也很难准确传达我内心的真实感受，如果母亲是宠物犬，那么不管她性情如何，我都有信心与她和睦相处。

前天夜里，由利乃忽然一跃而起，盯着大门的方向，嘴里发出呜呜的声音。

它偶尔会陷入这样的状态。

或许，由利乃能够看见我无法看见的事物。

“不怕，乖。”说完，我便躺下继续睡觉。之后不久，母亲便出现在我的梦里。梦中的一切都是那样安定温柔。

果然，那道声响来自母亲吧。

我想，许多人其实都愿意为父母尽孝，与他们融洽相处。

一家人如果能够互帮互助，自然是最理想的状态，但也有一些人心有余而力不足。

为此，我希望大家不要以国家或法律为由，对此横加干涉。

家人之间，理应存在多种多样的相处形态。

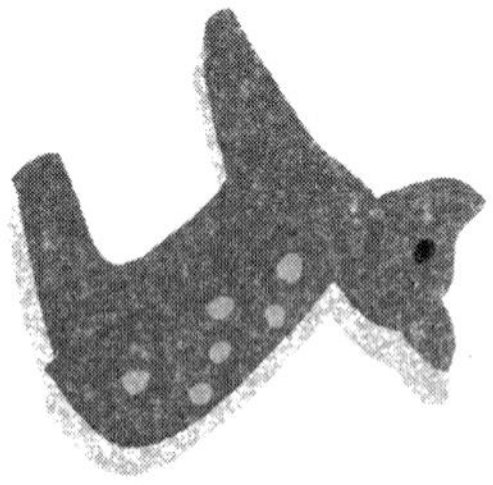

兔子与鸡蛋

4月17日

今天是法定节假日，德国举行了复活节庆典。

据说，复活节庆典通常在春分过后第一个满月之日的下一个周日举行，而昨天恰好是周日，因此被视为今年的复活节。

在德国，临近复活节的那个周五，与复活节之后的周一均为国家法定节假日，算上周六日在内，上班族可以连续享受四天的复活节假期。

大部分商店周六会照常营业，我家附近的面包店却放了假。

与日本的中元节假期有点像。

街区里静悄悄的。

前几天带由利乃出门散步时，看见一位老奶奶正用彩蛋装饰公寓前的绿植。

每年这个时候，街上便处处装点着彩蛋与兔子。

这些装饰看起来颇费心思，可爱极了。

德国的复活节并不具备浓厚的宗教意味，就像日本人过圣诞节一样，德国人把它视为一场庆祝活动，享受节日的欢乐气氛。

这里自然也有教堂，其存在并非基于宗教目的，而是作为公民会馆使用，比如展出绘画作品、举办音乐会等等。

趁着复活节的连休假期，我开始尝试制作纳豆。

念小学时，我曾参加学校组织的体验教学活动，做过一次纳豆，从那以后便再也没有尝试过。

虽然在柏林也能买到纳豆，但是价格昂贵。

不过，由利乃非常喜欢纳豆，于是我决定做一做。

家里的纳豆菌是我从日本带来的。

说起来，做法本身并不复杂。

将大豆煮熟，加入纳豆菌，保温静置二十四小时即可。

大豆在柏林的有机食品连锁超市 Bio Company 就能买到，

和想象中一样，并不费事。

只不过，为了让大豆充分发酵，保温是必要的步骤。这点倒是把我难住了，该怎么办才好呢？

我听说，有人睡觉时，会将盛装大豆的容器放在被窝里。

依稀记得，小学时候，我是把大豆放在被炉里发酵的。

有了，我忽然想到一个好主意。

家里有个我从日本带来的暖水袋。

只要把它放在容器上，再用备用的被子裹一圈，就能实现保温的效果。

希望这个办法可以奏效。

眼下，纳豆已经发酵得差不多了。我把它放进冰箱，完成最后一点收尾的工序。

生活在海外的日本人，似乎都喜欢亲自制作日本的家常食物，其努力程度令人热泪盈眶。

听朋友说，他去年酿制了味噌。

看来我也要加油。

我家附近开了家面馆，由来自中国云南的几个年轻人共同经营，私下里，我擅自称这里的面为“云南面”。最近我发现，店铺的复活节装饰好漂亮。

店内所有装饰似乎都出自这几个年轻人之手，连椅子与餐桌也是他们手工制作的。

他们看起来相当年轻，我一度怀疑这里的面条味道一般，谁知实际尝了尝，味道非常不错，彻底俘获了我的味蕾。

如果他们能吃纳豆的话，下次便带一些过去送给他们吧。

困惑之时的……

4月23日

前几天，不经意地抬头望向窗外，发现天空飘起了雪花。

春日来临的欢呼声似乎还没从耳边消失，眨眼的工夫，柏林又回到寒冷的冬日。

天气反复无常，给外出带来极大的不便。

比如，上一刻还晴空万里，忽然之间便阴云密布，下起雨来。

最近好不容易放了晴，我又带由利乃出门散步，半路竟然遇上了冰雹。

天气如此变化无常，这是攀登富士山时会有的感觉。

昨天也是，带着由利乃在外面散步，却遭遇一场突如其来的大雨。

若是一般的小雨，我并不介意，甚至会和由利乃在雨中漫步，但昨天雨下得实在太大，我们只好在街边店铺的屋檐下避雨。

大约十分钟后，雨停了，我不由得松了口气。

这样的天气，恐怕还会持续一段时间。

昨天去逛的店铺是无印良品。

这家无印良品着实帮了我大忙。

要知道，德国的日常用品通常比较笨重，一点都不小巧。

比如锅具、汤勺，以及自行车、室内门等等。

究竟是什么原因导致它们如此笨重？真的有必要做成这样吗？想到这些，我便忍不住长吁短叹。

德国人可能觉得无所谓，但我身为日本人，仅是拿着笨重的平底锅炒炒菜，也担心自己会骨折。

在这种情况下，无印良品的存在无疑为我注入了一针强心剂。

日本制造果然很棒，我站在无印良品的店铺里，切实体会到这一点。

话说回来，尽管标着日本制造的字样，实际生产地却是中国。

不过，日本人的制造水平确实很棒。

我在柏林的本土商店几乎买不到满意的衣服。

总觉得经过日本人把关的衣服，无论面料、剪裁还是设计，都会更加精致和舒适。

如果在无印良品购买，价格会比本土商店贵一些，但一想到这些商品都是专程从日本运来的，我便释然了。

不管是竹笼屉、玻璃小碗、味噌漏勺，抑或是汤勺，还是小巧轻便的更好使。

无印良品贩卖的厨具小巧轻便，做工精致，在柏林非常有人气。

起初，我不确定能否带宠物入内，心里一阵忐忑，结果根本没有遇到任何阻拦。

这家无印良品位于公寓附近，为我的日常生活提供了不少便利。

寒冷的日子仍在继续，眼看便到新鲜白芦笋上市的季节。

听说德国特意规定了白芦笋解禁日。

刚刚上市那几天，白芦笋的售价较为昂贵，过阵子便会恢复正常。

或许对德国人而言，白芦笋相当于日本人眼中的山野菜、楤木嫩芽之类的。

每当吃到白芦笋，就会感觉，啊，春天来了。

在柏林，通常无法吃到楤木嫩芽，倒是可以把白芦笋做成天妇罗享用。

虽说内心充满怀念，但由于无法买到新鲜的山野菜，我只好将晒干的紫萁用水泡软，加入猪肉、豆腐一起炖煮，味道还不错。

我很快给企鹅先生下达指令，下次来柏林时，记得帮我从日本带一些山野菜。

周末，我打算请人在浴室里装一道浴帘，如此一来，住在家里也会感到更加舒心。

我似乎越来越眷恋柏林的这个家了。

今天，法国开始进行总统选举。

虽然我也理解，欧盟的存在不光是为人们的日常生活谋求福祉，但它毕竟是各国花几十年时间构筑的经济共同体，即便对它心存不满，也不该肆意破坏，应该依靠大家的智慧，将其机制改造得更加完善。

本国第一主义的主张，听起来固然顺耳，但我在想它是否真的能为人们带来和平。

不知选举的结果究竟如何。

对德国而言，这是关乎自己的大事，对我来说，也并非毫不相干。

此刻，由利乃正安安静静地睡着午觉。

关于小费

4月29日

昨天的电视剧很精彩。

没错，在柏林也能即时收看《山茶文具店》了。

准确来说，会比日本迟上两三秒钟。

这里用到的服务不是视频点播，而是通过安装好的Slingbox（一种电视流媒体设备），远程操作东京家里的电视机。

无论是大相扑、国会转播，还是新闻报道，都可在柏林随时收看。真是个便捷的时代。

前几天做了纳豆，今天尝试做辣油。

在德国可以买到现成的辣油，但品种繁多，让人难以抉择。

其实，辣油的做法非常简单。

只需用到厨房里现有的食材，就能轻松完成。

做好后我没有立刻试吃，从香味判断，应该是非常成功的。

最后，我脑海中灵光一闪，索性加了柴鱼干的粉末进去，心中暗自期待，不知会不会是画龙点睛的一笔。

有了辣油，饺子会更加美味。

经由海运寄至德国的行李已经全部送达。

以前我就听说快递公司偶尔会弄丢包裹，心里一直惴惴不安。如今行李全部收到，我终于松了口气。

这次的包裹里有从日本寄来的玻璃碗，还有小巧精致的柴鱼刨片器，所有东西无一损坏。

至于大件行李，基本都被派送员放在公寓一楼的饰品店里。

我家所在的公寓楼年代久远，没有电梯，小件包裹可由派送员送货到家，大件包裹则被寄放在楼下，并且派送员不会上门通知。

柏林的快递服务无法像日本那样由收件人自行指定派送时间，但会提前发来邮件，告知收件人具体的派送日期，包括是上午还是下午。

并且，收件人无法通过邮件更改派送时间。

因此，收到邮件后，只好耐着性子在家老老实实地等待。

在柏林接收包裹，完全享受不到日本那种细致入微的派送服务，不过没关系，我豁达地想。

当初因为预见行李可能被寄放在别处，所以我控制了每件包裹的重量，以便独自一人也能把它们搬回家。现在看来，那时的自己挺有先见之明。

自从来到柏林，我感觉自己变得坚强了。

毕竟身在异国他乡，不管搬运什么行李，都得亲力亲为。

不像日本，只要订单超过规定金额，商家便可免费配送，这里没有该项服务。于是我决定，凡是能在我家附近买到的东西，都在附近购买。

倘若日本的消费者也能意识到这一点，大概就会减少对送货上门服务的依赖吧。

即日配送实在是过度服务的体现。

如果想要在某天收到商品，提前几天预订就可以；如果要得很急，不妨亲自出门购买。

不过，像桶装水、葡萄酒等物品确实相当沉重，还是希望派送员可以送货上门。

购买桶装水的话，一般能用超市的配送服务，相应地，饮料订单的配送费用则非常高昂。

通常我会在公寓附近的葡萄酒专卖店统一订购，再请店员送到家里。

在这种情况下，按常理应该支付店员一笔小费。就像使用快递服务，如果楼层较高又没有电梯，请派送员把大件包裹送到家里，也需要向对方付小费。

日本人对付小费并不习惯，嫌它麻烦。其实，无论在餐厅就餐，还是使用送货上门服务，或者住宿酒店时请服务员打扫房间，付一点小费会特别管用，因为上述从业人员的薪水普遍较低。

反过来看，没有小费，那些劳动就算不上“工作”。

为了让这个世界运转得更加顺畅，出门在外时，我们得在钱包里随时备些零钱，我深有感触地想。

我将家里闲置的带盖的黄油盒子摆在玄关处，里面时常放着一两欧元的硬币。

这样一来，每次都能立即支付小费。

最近发现，如果顾客在餐厅使用银行卡结账，小费会被一并计入账单，根本无法确定服务员是否得到了属于自己的小费。这样看来，小费还是用现金支付比较好。

关于小费，目前我了解得不太透彻，讲起来也显得颠三倒四的。我认为，如果能够养成支付小费的习惯，在这边就会生活得舒心一些。

听说在餐厅用餐，只需要以订单金额的 10% 作为小费，而实际情况没有这么死板。

放假期间，前往欧洲旅行的朋友，别忘了支付小费。

也不麻烦，随时准备一些零钱作为小费就行。

换一个话题，我觉得《山茶文具店》的演员们非常了不起。

倍赏美津子女士饰演的先代店主，可以用“精彩绝伦”来形容。

饰演男爵和白川母亲的两位演员赋予了角色极大的魅力，让人叹服。

至于波波，更是可爱得没话说。

仿佛平面故事变成栩栩如生的立体世界，我也让自己作为一名普通观众，享受这部剧带来的乐趣。

下周的剧情会如何展开呢？

对了，有一个消息要告诉大家！

《闪闪发光的人生》在最新一期《小说幻冬》上正式开始连载。

这个故事是《山茶文具店》的续篇。

如果您对波波的“未来”十分挂念，请一定记得阅读！

度过周末的正确方式

5月1日

今天是五一国际劳动节，德国的法定节假日。

因此，这个周末连休了三天。

上周五的下午，住在公寓附近的朋友打来电话。

朋友说，她家的洗衣机坏了，没法脱水，想借我家的一用。

我不假思索地回答："当然可以。"

诸如此类的小插曲在柏林是家常便饭。我忽然想到，倘若在日本，即便遇上同样的情况，恐怕也很难想象问朋友借洗衣机来用。

大家的第一反应，通常是请人上门维修。

能够若无其事地拜托朋友做这种事，是柏林的风格。

名副其实的乡村社交。

这里的街区并不大，因此走亲访友变得容易许多。

傍晚的时候，朋友带着湿淋淋的浴巾及其他需要脱水的衣物，骑着自行车来到我家。

不知我家的洗衣机什么时候会发生类似的意外，或许下次便轮到我向朋友求助了。

我们悠闲地喝茶聊天，等洗衣机为衣物脱水。

气氛格外轻松。

第二天是周六，另一位朋友带着儿子来我家做客。我打算亲自下厨。

这是我第一次在柏林的公寓招待客人。

菜单如下：蘑菇浓汤、白芦笋天妇罗、竹笋炖猪肉、盐味饭团。

上次做沙拉还剩了些芝麻菜，我将它加在蘑菇浓汤里，散发出的香味与日本的艾草很像，吃起来也相当可口。

朋友的儿子将饭团泡在蘑菇浓汤里，吃得异常满足。

这是我第一次尝试用白芦笋做天妇罗，心里有些紧张，好在滋味不错。

关于面粉的分类，日本与德国不大一样。说起来，这边根本没有日本所谓的低筋面粉、中筋面粉与高筋面粉。

由于找不到一模一样的面粉，我只好挑了与之相近的作为替代品。

原本我想，要是用它做不出像样的天妇罗，以后就再也不做了。结果，这次买回家的白芦笋，全被我做成天妇罗吃掉了。

嗯，真的很好吃。

难怪欧洲人每年都会翘首企盼新鲜白芦笋上市。事到如今，我总算充分理解了他们的心情。

对了，烹饪白芦笋的时候，有个细节特别重要。

和绿芦笋不同，白芦笋的外皮必须剥掉。

而剥下的这层白芦笋皮，煮沸后可以提取高汤，用来烹制别的料理。

听说，有的人会将白芦笋连皮一块儿煮熟食用，有的人则会用白芦笋皮提取高汤，然后做成浓汤料理。

我不想浪费白芦笋皮，因此选择了后一种做法。翌日清晨，我便用白芦笋皮熬的高汤煮了杂烩粥。

杂烩粥滋味香浓，堪称完美。

最后，我还将搅匀的蛋液淋在杂烩粥上。于是，整整三碗粥被我吃得干干净净。

尤其是用胡椒、食盐和橄榄油调味的那碗，味道最好。

觉不觉得这种物尽其用的料理手法有些眼熟？

对，和烹饪螃蟹类似。

取出蟹肉后，蟹壳可以用来熬汤，比如味噌汤或是其他浓汤料理。

明白了吧？

也就是说，白芦笋与螃蟹的料理方式非常相似。

今年春天，我打算多买一些白芦笋，仔细研究怎么做更加好吃。

下午，我与家里洗衣机出故障的那位朋友一道，带上自家的宠物犬前往森林。

去年夏天，我第一次来到这个位于柏林森林中的宠物犬天堂。

森林中有一个湖，狗狗可以在这里自由自在地嬉戏，真是个如梦似幻的乐园。

我解开牵犬绳，让由利乃像其他狗狗一样自由玩耍。

起初我有些担心，怕它跑得不见踪影，后来发现它很乖，并未四处乱跑，于是放下心来。

由利乃看上去非常高兴，因为它很喜欢和别的狗狗玩耍。

等由利乃将这段时间积累的压力全部释放出来，我才带着它回家。

它玩得浑身脏兮兮的。

但是，表情非常幸福。

只要由利乃感到幸福，我便觉得幸福。

我们一块儿找到了度过周末的最佳方式。

今天是连休的最后一天。

听说外面可能会举行大规模的游行示威活动，于是我决定安安静静地待在家里。

从明天开始，我终于要去语言学校学习德语了。

心里有些期待，阔别已久的学生生活会是怎样的呢？

周五 5月7日

这一周，由于周一是法定节假日，周二是语言学校的开学典礼（？），因此，直到周三，我的德语课程才正式开始。

学校的课时安排非常紧凑，从早晨8点30分到下午1点。

中间休息两次，分别是10点至10点30分，以及12点至12点15分。

10点开始的那次时间较长的休息，可以去学校大厅的小卖部买面包、水果、酸奶等零食充饥。

正式上课前，我曾试着自学德语，谁知第一天就被打击得信心全无。

第一天，我的大脑便几乎转不过来了。

如果不用心预习、复习，上课时肯定会晕头转向，不知所云。

“德语真难学”，这么想无疑会给自己增添额外的压力，于是我暗暗告诉自己：“德语非常简单。”可惜这个方法不大管用，光是教材便让我眼花缭乱。

第一周已经如此困难，接下来又该如何是好？

不过，语言学校的独特优势就体现在这里了。在家自学时，我完全记不住德语数字，跟着老师学习后，不知不觉间便记住了。

看来只能循序渐进，不可操之过急。

因为平日都要上课，所以每到周五下午，我的内心便充满喜悦，仿佛挣脱了束缚，重获自由。

傍晚带着由利乃出门散步，走着走着忽然想起来，公寓附近似乎每周五都有周末市集出摊。于是赶去一瞧，果然如此。

市集上的摊位并不多，卖的东西也朴实无华，和之前我去过的另一个广场市集相比，规模小许多。

不过，既然已经成为本地居民，这种备受当地人喜爱的周末市集在我眼里就是最棒的。

夜色将至，本周的德语学习也已结束，我索性买了一瓶白葡萄酒。

途中路过一家卖烤鱼的摊位，忍不住点了一条烤鱼下酒。

这是今日烤鱼摊的最后一条鱼。

鱼身是青色的，有点像青花鱼。摊主直接将整条鱼放在火上烤熟。

啊，太好吃了。

烤鱼果然很棒。

白葡萄酒价格便宜，但滋味醇厚。

真幸福。

寒冷的日子还将继续，对这种天气我已感到厌倦，能在外面暖暖和和地饱餐一顿，让人心情大好。

我一边胡思乱想，一边吃着手里的食物。这时，一名男子走上前来，他的肩上坐着一个小女孩。男子用德语问道："可以请教您一个问题吗？"

随后，轮到他肩上的小女孩开口了。只见她用简明易懂的话语和极其缓慢的语速说："我的名字叫作……"大概我的德语老师也会自叹弗如吧。

哇，这不是我刚刚在课堂上学会的句式吗?！我知道怎么回答哟，我知道。我跃跃欲试地想着，用同样缓慢的语速自报姓名。

我们的对话就是这样，简单至极，却让我感觉非常开心，一种深切而纯粹的开心。

我能与德国人聊天了！

想到这里，我几乎喜极而泣。

觉得身体飘在云端，大约是喝醉了。

不过，事后回忆起来，小女孩想要询问的其实不是我的名字，而是“狗狗的名字”。

德语里，7 月写作 Juli，发音为 yuri，所以日本这边一般读作“百合”。或者，可以理解为 falcon[1]。

总之，哪怕每天只进步一点点，也能带来某种微小的喜悦，就像慢慢为自己打开一扇窗。

久违的学生生活虽然辛苦，却也异常充实。

---

1. 在日语中，“百合”一词的发音即为 yuri，falcon 是百合科郁金香属的草本植物，花期在四五月间。

学校为大家创造了良好的学习氛围，授课老师博闻强识，同学之间相处得格外融洽。

我决定将周五定为“烤鱼之日”。

用来犒赏努力学习了一周德语的自己。

下次去上课，不如带着饭团与酱油吧。

同班同学

5月12日

春天来了！期盼已久的春天，总算来了！

今日春光明媚，格外有春天的气息。不知周围同学的想法是否与我一样。

室外摆着桌子，大家围坐在桌边，开开心心地用餐。

仿佛一群被光线吸引而来的昆虫。

其实，柏林直到昨天还很冷（最高气温约10℃），手套也是必不可少的御寒之物，因此，我十分理解大家雀跃的心情。

希望好天气可以持续下去。

语言学校的课程真的十分辛苦。

我已经多少年没有试过一边走路一边翻看课堂笔记了？

不过，不做到这种程度，就跟不上进度。

班上的同学来自世界各地，比如美国、阿塞拜疆、白俄罗斯、巴西、意大利、墨西哥、秘鲁、沙特阿拉伯、乌兹别克斯坦、土耳其。至于日本人，连我在内共有三个。

一些以欧洲其他国家的语言为母语的同学，对德语的掌握往往较快，令我十分羡慕。

身为日本人，我似乎输在了起跑线上。

原则上，老师全程都以德语授课，只有美国同学会满不在乎地用英语向老师提问。

似乎是理所当然的事。

我想，如果自己用日语提问，一定会引起老师的不悦。

从这点来看，我显然处于非常不利的境地。

然而，这种事情是无可奈何的，哪怕在意也没用。

我的同桌是一名来自秘鲁的女孩，说西班牙语，职业是心理学家。

而无论上学还是放学都有奔驰车接送的青年，来自沙特阿拉伯，听说是医学院的学生。

大家出于各种各样的目的，来到语言学校学习德语。

九年前的春天，我初次来到柏林。

那次是为取材而来。行程过半的某一天，结束了当日的工作，我随编辑们前往一家阿拉伯料理店。

已经忘了当时点过哪些菜，依稀记得的，是那家料理店的大小与氛围。

店门口恰好有一条坡道，那天我透过窗户，出神地望着外面的风景。

一名女子飒爽地骑着自行车，从坡道上冲下来。

看着她，我不由得在心里感慨，柏林真是一座无拘无束的城市。

时至今日，那个瞬间的情景依旧历历在目。

我想了很久，始终记不起那家料理店位于何处，今天总算明白了。

傍晚，我带着由利乃出门散步，打算晚饭就在公寓附近的餐厅解决，因为亲自下厨实在麻烦。这是我第一次踏入公寓一楼的阿拉伯料理店。

然后，我几乎可以肯定。

九年前，迎接我的到来、让我感觉“柏林这座城市真不错”的料理店，就是这里。

也就是说，如今我与这家料理店做了邻居，我们住在同一栋公寓里。

以上所写的一切仿佛某种奇迹，尽管如此，有些感受依然无法用文字表达，心里有些焦急。

说来真的非常神奇。

对我而言，这里一定是幸运之地。

放学后

5月26日

糟糕糟糕糟糕糟糕。糟糕糟糕糟糕糟糕。

现在，我的脑海中只剩这一个念头。

当然，德语难学是没办法的事，眼下伤脑筋的地方却在于，我的时间完全不够用。白天上课，下午回家复习、预习，这样便占去了一天中的大部分时间，以至于我根本没空做其他事情。

没时间做饭。

没时间与企鹅先生心平气和地聊天。

而唯一能够让我放松情绪的娱乐活动，便是带由利乃外出散步。

也许最近一段时间，我头上的白发也增多了。

因此，周五下午 1 点，一周课程全部结束时，我便开心得想要大呼万岁。

是不是当初选错了学校？有时我会怀疑，然而事到如今，除了咬牙坚持，也没别的办法。

不管怎么说，这样的生活还将持续两个月。

为了放松情绪，上周五下午，我与班上的几位同学去了蒂尔加藤公园的咖啡馆。

“放学后”几个字，对我而言真是久违了，内心感到莫名的怀念。

大约这就是成年人的“放学后”吧。

我们坐在湖畔的露天咖啡座上，一边喝啤酒，一边享受愉快的闲暇时光。

有时聊着聊着，我会想用新学的德语与大家交流，但因为没法准确传达自己的意思，颇觉懊恼。

昨天结束了第一学期的课程，大家决定全体去啤酒花园聚会，以作纪念。

为了保证全员参加，我们甚至提前确定好时间，没想到赶来活动现场的只有八个人，其中四个来自日本。

“咱们搞一次聚会吧！”当初说着这种话、兴致也最高的人反而没有来，这个细节多少反映出那些国家的国民性。

日本人果然有着说到做到的踏实性格。

我想，如果班上有德国人，或许他们也会来参加。

现场的所有同学都给老师写了心意卡。

我们格外喜欢现在的老师，也真心希望下次仍由这位老师给我们上课。不过，这种事不是老师本人能够决定的，说不定从下个月开始，我们班就会换一位老师。

说起来，有件事让我再次感叹，不愧是德国啊！

事情还是就读于隔壁班的日本朋友告诉我的。听说，他们班的学生竟然成功让学校换掉了原来的授课老师。

方法是大家共同起草了一份请愿书，全体署名后交给学校，向校方提出抗议。校方最终通过了这项请愿，为他们班重新安排了一位授课老师。

换作在日本，无论学生对老师多么不满，也绝不可能做出这样的举动。

不过，我觉得这事本身并不值得大惊小怪，更改师资配置、跟随优秀的老师学习知识，原本就是学生的权利。

结束了啤酒花园的聚会，大家结伴前往拉面店就餐。

有的同学还是生平第一次品尝拉面，吃面时似乎提心吊胆，让我感到有趣极了。

新学期

6月2日

新学期到来了。

从这周开始，我将与新加入的同学一起学习德语。

包括我在内，班里继续参与上课的同学没有升级，而是留在原本的级别，将上学期老师教过的内容重新学习一遍。

虽然课程内容不变，但有的部分明显增加了难度，上课第一天就令人感觉压力重重。

现在这个班上，有一个来自叙利亚的男性。

还有一位是从法国来的大叔，让我稍稍放下心来。

上学期，我与斯蒂芬妮相处不错，关系颇为亲密。

斯蒂芬妮是一位美国女歌手，创作过非常出色的歌曲。

我们同样被柏林的气质所吸引。

现在班上与我交好的同学，是一位来自澳大利亚墨尔本的女子，名叫卡密优。

我与她的兴趣爱好颇为相似。在课堂上做自我介绍时，我们提到自己已婚，家里有只宠物犬，平日喜欢料理和美食，内容几乎完全一致，引得大家笑了起来。

卡密优与斯蒂芬妮一样，是极富魅力的人。

尽管大家都希望这学期仍由上次那位老师授课，可惜这个心愿没能实现，学校重新安排了授课老师。

不过，这位老师的授课技巧也很高明，犹如运动员的教练。为了让我们快速有效地掌握德语基础知识，老师还认真思考过教学方法。

来到德国的语言学校，我完全摘除了别的身份，“仅仅是一名学生”，而且是学习效率不怎么高的学生，但我由衷地感觉，这段经历于我而言格外珍贵。

生活在德国，每天我都能领悟的事是：从前在日本时，自己是多么幸运，总是备受眷顾。

老实说，眼下的生活虽然令我倍感吃力，可对我的整个人生而言，一定会是一段无可取代的时光。

面对老师布置的作业，发出“呃——”的感叹，能够以现在的年龄再次经历这样的事，其实是很幸福的。

再说，用自己赚的钱交学费和用父母挣的钱交学费，会有完全不同的认知。

学生时代，我也曾满不在乎地逃课、偷懒，如今回想起来，心里充满悔意。

现在，学习德语的所有费用均由自己承担，于是我暗下决心，绝对不能迟到，也不能逃课！

尽管想拿全勤奖，然而从明天开始，我就得前往拉脱维亚取材。

语言学校这边，我打算请两天假。

接下来的安排是，将由利乃寄养到托里玛女士家中，然后预习明天的功课，并且完成老师布置的作业。

夏至将至，虽然这会儿接近晚上 8 点 30 分，天空却依旧蔚蓝。

拉脱维亚的白昼一定会更长。

这回是我第三次前往拉脱维亚。

也不知等在那里的，会是怎样的境遇。

悠悠荡荡小天国

6月25日

夏至已过，白昼渐短，时序向着冬季翻开新的篇章，令人忍不住感叹，欧洲的夏季实在是稍纵即逝。

虽说每年情况略有不同，然而临近8月，风景确实会渐次染上秋日的色彩。还有一个月，今年的夏天便离开了。

因此，得抓紧眼下的时机，好好晒太阳。

来到欧洲，我深刻体会到了每逢天空放晴，当地人便迫不及待地飞奔而出，享受日光浴的心情。

这也恰好说明，欧洲的冬季是多么难挨。

相比严寒本身，冬日昏暗的风景反倒变得易于忍受。

初次造访爱沙尼亚，感觉这是一个柔和的、充满女性气质的国度。

波罗的海三国中，数爱沙尼亚最为靠北，海岸线的彼方坐落着芬兰。

从芬兰搭乘汽船，能够毫不费力地抵达爱沙尼亚，无论物理距离还是文化气质，两个国家都格外相近。

或许正是靠近芬兰的缘故，爱沙尼亚远比拉脱维亚更加予人“都会”之感。

从历史上看，爱沙尼亚、拉脱维亚、立陶宛俨然是一个命运共同体；就文化领域而言，三国同样热爱歌舞，关系不可谓不亲近。

我暂时无法用语言为大家详细解释三国的微妙差异，不过置身其中，确实也能感受三国存在的些许不同。

而且，我还发现一个格外有趣的现象，尽管三国是命运共同体，却将彼此视为竞争对手。

我在爱沙尼亚的 Spa hotel 留宿了一晚。

酒店里有个注满海水的泳池。泡在池水里，身体有种飘飘悠悠随波荡漾的感觉，至今令我难以忘怀。

最初，我以为它与普通泳池没什么不同，踏入池中，身体竟然奇妙地浮在水面，涌进嘴里的池水也带着咸涩的海腥味，这才明白原来四周都是海水。

假如在腰间套一个泳圈，身体就能完全漂浮起来。

将耳朵浸泡在池水里，外界的声音即刻被阻断，之前置身的世界仿佛变得异常遥远。

我闭上眼睛，任池水载着身体漫无目的地漂荡，渐渐地分不清身在何处，好像整个人都孤零零地悬浮在广漠的宇宙之中。

当年我蜷缩在母亲的子宫里时，一定有过类似的体验。我默默想象了一番那样的光景，禁不住流下眼泪。

说不定也是从那时开始，我对“悠悠荡荡”有了真切的记忆。

怡然自得的感觉太过迷人，想要一直泡在泳池里。

哪怕只是为了重温当日的时光，我也愿意再度造访爱沙尼亚。

迄今为止，我从未有过那样奇妙充盈的感受，仿佛将身体交付给一双巨大的臂弯。

如果有机会，真想立刻回到那片注满海水的泳池。

大海没法重现那种感觉，因为总有海浪的干扰。

结束爱沙尼亚及拉脱维亚之旅回到柏林，发现自己早将学过的德语忘得一干二净。这事让我感到有些悲伤，不过也无可奈何。

总而言之，外语不是轻易能够掌握的，只能脚踏实地地慢慢积累，就当前进两步又倒退一步吧。

7 月与 8 月适逢语言学校放暑假，对我来说，刚好是一段休整期。

前天，我邀请几位朋友来家里做客，办了一场小型聚会。

能够随心所欲地呼朋唤友，是在柏林的优点之一。

包括孩子在内，我家的客人共有五位。

我从未一次招待过这样多的客人，家里的拖鞋、餐具都不够。起初我有些惴惴不安，不过很快释然了，相信总有办法对付过去。

我在拉脱维亚买到的熏制香肠大受欢迎，一位朋友从家里带来了亲手制作的生春卷，味道极好，令人着迷，一不小心我连拍照都忘了。

另一位朋友带来的牛角面包奶香四溢，松软可口。

我将之前从日本带过来的干菊花泡水浸软，加入新鲜核桃做成一道凉拌菜。

此外，餐桌上还有煮鸡蛋、荷兰豆炒牛蒡丝、炸薯条等。

果然，为朋友做一顿好吃的饭菜便能带来幸福的感觉。

这段时间，我忙于语言学校的课程，根本无暇顾及一日三餐，平时基本上是靠企鹅先生寄给我的速溶味噌汤包对付，因此，这次与朋友的聚会，帮我迅速缓解了精神压力。

吃着吃着，耳边忽然飘来一串音符。我觉得有些纳闷，不知是谁这么善解人意，起身一瞧，开心地发现乐曲是从我家对面的公园一角传来的，一位流浪艺人正在那里现场演奏，就像特意为我们的聚会伴奏助兴。

明日一早，一位朋友急着赶往巴黎，因此聚会从傍晚 5 点便开始。结果，临近夜里 12 点，餐桌上依旧觥筹交错，言笑晏晏。

这是我第一次见到艺术家束芋女士，心里却生出些许似曾相识之感，于是把握机会，同她好好聊了聊。

一番闲谈下来，我已彻底被她的魅力所征服。

对了，这一天恰好也是由利乃的生日。

由利乃今年三岁。大家争相将它抱在怀里，它看起来开心极了。

我想，很久很久以后，当我回忆往昔，仍会觉得在柏林度过的岁月闪闪发光、无可取代。

在这里，大家随时都能悠闲轻松地聚会，即便没有什么特别的理由。柏林，真是一座美好的城市啊！

一模一样的宠物犬

7月3日

周末发生了一件颇有意思的事。

当日下雨，我便让由利乃待在家里，一个人去公寓附近的商店买东西。

刚踏进店铺，就看见一只小白狗从里面跑出来。

那个瞬间，我的第一反应是，为什么由利乃会出现在这里？

可见它俩长得有多像。

这只小狗是跟着店铺的某位客人一块儿来的。

“我家也养了一只小狗，它和您家的长得太像，以至于我吓了一跳！”我这样告诉对方，对方问道：“您家的小狗叫什么名字？”

“yurine。”我回答。

对方思索片刻，恍然大悟道：“啊，您的小狗，我知道哟！”说完，迅速从手机里找出一张照片让我看。

看着照片，我几乎分不清上面的小狗和店里的这只究竟哪只是由利乃。

不过，仔细一瞧，照片上的小狗确实才是由利乃。它的鼻尖带着一抹棕红色，四条腿也短短的。

由此可知，我们拜托的是同一位宠物犬美容师。

那天，她带着自家狗狗去店里修毛时，碰巧由利乃也在。

或许是在我前往拉脱维亚和爱沙尼亚取材期间。

缘分真是不可思议的东西。

交换邮箱地址后，我请她发了几张她的狗狗照片给我。

真的太像了。

简直一模一样。

她的狗狗名叫帕夏，是男孩子。

“它性子有点野，不过对别的狗狗很友好。”连性情也与由利乃一模一样。

我们约好下次带着两只狗狗一块儿散步。

想想也觉得有趣。

昨天我带上由利乃，在霏霏细雨中前往森林里的湖泊。

上周一直在下雨，没能好好地散一散步。

穿着雨衣在森林中漫步，心情格外舒畅。

然而，途中遭遇了意想不到的动物。

没想到森林里竟然有野猪。

当时，我正悠然自得地走着，只见迎面过来一家人，告诉我小心野猪。

在对方的劝说下，我急忙给由利乃系上牵犬绳。

随后，我牵着由利乃继续往前走，心里有些忐忑，就在这时，远远地望见一只圆滚滚、胖乎乎的野猪正不停地用蹄子刨着地面的泥土。

空气中似乎弥漫着沉沉的压迫感。

由利乃向来无所畏惧，如果不给它系上牵犬绳，说不定它会朝那只野猪奔去，让自己落入险境。

一时间，森林里有野猪出没的消息，在散步者间流传开来。

大家将这件事描述得绘声绘色，表情隐含兴奋，让人觉得有些滑稽。

以前就听说柏林近郊的森林中栖息着野狼，既然如此，野猪的出现根本不足为奇。

之后，我也绘声绘色地对周围人描述起了偶遇野猪的一幕。

话说回来，两只小狗果真一模一样呢。

邻居

7月8日

最近，接连被邻居拜托了两件事。

在柏林，公寓的地面一层（日本所谓的一楼）大多设为店铺或餐馆，比如我家所在的公寓一楼便是饰品店。

店主是一位女子。这天，她有事找我商量。

她的手里拿着一张纸。

她告诉我，之前从日本网站海淘了一些商品，对方似乎不支持 paypal 收付款，为此她很伤脑筋，不知道如何把钱付给日本那边。

相关的经验我是有的，可如果使用非日本国内账户，那么无论是从日本转账至国外，还是从国外转账回日本，手续费都不便宜。

她的支付金额大约是 100 欧元，问我能不能用我的日本账户帮她转账。

如此一来，事情变得简单多了。

我只需要将 100 欧元按汇率从我的账户里以日元的形式转给日本网站就可以。

碰巧我与对方的账户同属一家银行，无须缴纳手续费，真是可喜可贺。

这位店主平时帮了我不少忙，我从网上订购的大件商品，多半寄放在她的店里（其他邻居的包裹也寄放在店里）。

由于总是给她添麻烦，这回能够帮上她，我觉得挺好。

另一件事是这样的。

前些日子，我在公寓前的车站等候有轨电车时，一位男子主动同我搭话。

他也住在同一栋公寓。

他说，他想把自己的履历和个人作品寄给日本的某家公司，但在准备相关材料时，遇到不理解的日语单词，希望向我请教。

几天后，他送来一份文件。我仔细一看，原来与吉卜力工作室的应聘有关。

听说宫崎骏导演正在为自己的长篇动画作品招募工作人员，我的这位邻居希望加入他们的团队。

这里距离日本如此遥远，没想到竟也有人愿意应聘，真是太神奇了！

我想，他所选择的这条路一定充满艰难险阻，但为了尽最大的努力支持他，我还是教了他如何用日语写履历。

我觉得，这两件事都很有柏林特色。

邻里之间互帮互助，哪怕只是琐碎的小事，也能为生活增添一丝愉悦。

上周末，柏林举行了庆典活动。

现场装饰着气球，还有 DJ（音乐播音员）即兴演出，气氛热烈。

我家楼下的中庭里，孩子们纷纷拿出自己收集的小玩意儿，模仿大人在手作市集上摆摊。

他们带来的东西里，有不需要的旧书、布偶，也有玩具、袜子，所有物品都以非常便宜的价格出售。

生活在柏林，这样的光景司空见惯。

即便是自己不用的东西，也绝不浪费，想办法让需要它们的人接手，继续使用——诸如此类的想法深深扎根于柏林人的价值观里。

与随意丢弃旧物的日本人相比，德国人对“物品”有着截然不同的认识。

我时常觉得，在孩子很小的时候，大人便有意识地培养他们形成这种价值观，这是非常好的事情。

昨天是周五，我打算去附近的广场吃烤鱼，到了那里，摊主告诉我已经卖完了。

没办法，我只好在旁边的土耳其料理店买了一些熟食，搭配白葡萄酒享用。吃着吃着，天空阴云密布，顷刻之间，大雨倾盆。

虽然当时坐在帐篷下，逃过了成为落汤鸡的命运，但衬衫完全被雨水打湿，让人欲哭无泪。

每逢下雨天，总能看到一些成年人脱掉鞋子，踩着雨水赤足行走。

这也是柏林独一无二的风景。

7月15日 久别重逢，土豆炖牛肉

去邮局买邮票。

“请给我30枚85美分的邮票。”我用不大灵光的德语结结巴巴地说着，暗暗为自己捏了一把汗。

意外的是，工作人员竟然听懂了！我想，哪怕说得结结巴巴，或是完全说错也没关系，语言这种东西，不去使用就永远无法提高。以后外出，我一定要尽量说德语。

回家途中，在路口等红绿灯时，我不小心打了一个喷嚏，身后随即有人善意地道：“Gesundheit！”

没错，我的德语老师曾经告诉我们，在德国，遇见有人打喷嚏的话，可以用这句话表达对对方的关心。

尽管在课堂上做过发音练习，不过，在现实生活中亲耳听到这句话，还是头一回。

能够明白对方说了什么，我的心中有些欢喜。

倘若以后看见别人打喷嚏，希望自己也能立刻说出这句话。

人与人之间的交流，便是从日常生活中这些琐碎的细节里诞生的。

昨天是烤鱼之日。

傍晚，我兴高采烈地前往周末市集，走到烤鱼摊一问，没想到和上周五一样，烤鱼又卖光了。

果然必须赶在午餐时间过来啊。

烤鱼摊的摊主是位大叔，见我神情沮丧，友好地对我招呼道："上周你也来过吧。"原来被他识破了。

接下来，我重新打起精神，去蔬菜店逛了逛。

因为想买一些洋葱，所以我试着用德语询问店主："请问有Zweibel吗？"也许我的发音不太标准，看店的大婶想了想，问道："你是指Spargel吗？"

德语中，Spargel 是芦笋的意思，眼下已经过了吃芦笋的季节。

于是，我用英语解释道：“不，我说的是 Onion。”

大婶恍然大悟，满面笑容地纠正了我的发音：“啊，那是 Zwiebel。”

原来如此，洋葱的正确发音是“zwiebel”。

我将 ie 错发成了 ei。

不过多亏如此，我才牢牢记住了洋葱这个单词。

大概这便是现实生活中的德语教室吧。

这件小事让我悟出一个道理：学习语言就得多说多练，不要害怕犯错。

今日光顾了一家我很喜欢的咖啡店，算算时间，已经有些日子没来了。

享用咖啡的时候，一名女子带着柴犬走进店里，闯入我的视线。

也不晓得她是不是日本人，我在心里琢磨着，试着同她搭话，果然是日本人。

她说自己是为音乐来到柏林的，在这里生活了整整十五年。

中途她接了一个电话，见她用流利的德语与对方自然而然地交谈，我不由得肃然起敬。

待她放下电话，我说："你的德语讲得真棒。"她的回答却出乎我的意料："其实刚来这边时，我一句德语也不会说。"

总之，按照她传授的"技巧"，想要提升德语水平，每天都得坚持不懈地学习。

我们一边喝咖啡，一边热烈地探讨与宠物犬相关的话题。

"如果有投生做狗狗的机会，一定要做德国的宠物犬！"这是她的个人观点，我表示完全赞同。

她身边的柴犬神情安详，明显是在主人的悉心照料下成长起来的。奇妙的是，仅仅多出一只柴犬，这家咖啡馆便给我身在日本的错觉。

对狗狗而言，这里是幸福的场所。

只要有一家共同喜欢的咖啡馆，似乎就能分享彼此的想法，真好。

现在我已充分理解，为什么大家会说这家咖啡馆给人悠然闲适之感。

我们约定改日再在这里碰面，便各自离开了。

昨天从手作市集买回的洋葱是用来做土豆炖牛肉的。

此刻这道菜正在炉子上炖着，用的是许久不曾登场的大锅。

没错，企鹅先生今日便会抵达柏林。

为了让他到家后立刻吃上可口的饭菜，我决定做三角饭团和土豆炖牛肉。

接下来，我准备带着由利乃去机场迎接企鹅先生，给他一个惊喜。

时隔三个月，企鹅先生再次回到柏林。

由利乃会冲他露出怎样的表情呢？

说走就走

7月26日

我们利用周末去了一趟拉脱维亚。

虽说上个月我刚从那边回来，但这次情况有所不同。难得企鹅先生也在柏林，我希望与他一道外出散散心，至于目的地，脑海中首先浮现的是拉脱维亚。

迄今为止，我去过三次拉脱维亚，每次都出于工作需要。

那时候，无论前往何处，身边总有能干的口译人员陪同，还有专车接送。我好奇地猜测，如果去那个国家旅行，内心会是怎样的感受？

要是有机会，希望能以普通游客的身份造访拉脱维亚。

柏林已开通直飞拉脱维亚首都里加的航班。

飞行时长约为 1 小时 40 分钟。

这种感觉有点像从东京飞往九州，自由自在地展开一趟心血来潮的小旅行。

身在欧洲的一个好处是，能够说走就走地飞往其他国家闲度周末。

此行的目的旨在彻底放松身心，悠闲度日。

以及，采购。

上次买回来的培根与香肠格外美味，很快就吃完了。这回，我在出发前做了万全的准备，采购培根与香肠是首要目标。

恰逢周末，周六可以赶上当地的有机农产品市集，我计划在那里购买。

对企鹅先生而言，这是他人生的初次拉脱维亚之旅。

虽然之前听我简单提过，但他到底没有真实感，无法通过那些只言片语的描述，拼凑出一个鲜明完整的拉脱维亚。

抵达里加的第一天，他便兴奋地念叨："这里是欧洲吧，真的是欧洲吧？”

每次听到这句话，我都觉得有些好笑，却也拿他没办法：“所以之前不是说过了吗？”

从地理位置看，包括拉脱维亚在内的波罗的海三国隶属北欧，无论是街市风光抑或是当地居民的气质，毫无疑问具有欧洲风情。

历史上，三国曾在较长一段时间并入苏联版图，时至今日，某些地区依然保留着共产主义特色，不过三国地处欧洲最北端这一点，却是毋庸置疑的事实。

据说拉脱维亚的饮食十分诱人，亲自品尝后，我终于理解大家为何这么说。

在这里，随便走进当地一家餐馆都能喝到海鲜浓汤。于是，海鲜浓汤成为我与企鹅先生每次必点的料理。喝完之后，我们还会把它同此前喝过的海鲜浓汤进行对比。

由于毗邻大海，拉脱维亚的海鱼种类丰富。换作在柏林，就鲜有机会享用了。

当地的裸麦面包无可挑剔，啤酒也让人赞不绝口。

以前因为工作关系，日程安排过于紧凑，每回都来去匆匆。这一次，我终于可以无所事事地待在酒店客房里，享受一段奢侈的时光。

周日，我们前往市郊参观露天民俗博物馆。

上个月，这里刚刚举办过民艺展。

广阔的森林里伫立着一栋栋古老的民居，这些民居是从拉脱维亚全国各地移筑而来的。我们去的那天，正巧赶上面包节。

天气晴好，我与企鹅先生一边在林中漫步，一边四处试吃面包，消磨掉一个愉快的周日。

倘若以后大家有机会前往里加，请千万记得去露天民俗博物馆看看。

这里实在是疗愈身心的好地方。

周一晚上回到柏林，趁着还有时间，我们将买回的香肠、培根、烤猪肉分成小份，放进冰箱冷藏。

未来一段时间，我家的每日餐食大概是不用愁了。

冰箱里看上去黑压压一片。

不过，真的很美味！

说起来，德国才是培根和香肠的正宗产地，不过，我觉得还是拉脱维亚的更好吃。

总之，这次采购的培根和香肠都是以古法腌制而成的，不含任何化学添加剂。

尽管在德国也能买到各种各样的培根和香肠，然而与拉脱维亚的古法腌制相比，二者有着本质区别。

初次品尝，企鹅先生便大吃一惊，怎么可以这么好吃呢？

虽然这次买回很多，但我预感过不了多久，所有东西就会被我俩一扫而空。

企鹅先生麻利地用烤猪肉为我做了一顿炒饭。

真棒！

与企鹅先生分居两地的三个月里，我不知有多怀念他做的炒饭。

想着接下来一段日子能够随时吃到炒饭，我的心里便暖烘烘的。

8月15日

8月16日

从我家的窗户向外望去，能够看见前方的公园，听说从前那里是一片葡萄田，平铺在广袤平缓的山丘上。

半山腰坐落着一座古老的教堂，环绕教堂一周便是由利乃最熟悉的散步路线。

我们通常会在黄昏时分出门，散一会儿步，快回家时，我习惯在教堂前面的咖啡馆买一杯啤酒来喝。

露天咖啡座视野很好，能够看见教堂。晚风轻柔地吹拂，我喝着啤酒，心里涌上深深的幸福。

昨天是8月15日。

对日本人而言，这是一个具有特殊意义的日子[1]，但在柏林人眼中，似乎只是再寻常不过的一天。我并非不能理解，理解之余却也感到些许不可思议。

然而，德国与日本的最大区别，在于对待战争的态度。

柏林城内保留着战争加害者一方与受害者一方的双重历史痕迹，说不清是让人无暇遗忘，还是不给人机会遗忘。

当战争留下的伤痕如此频繁地扑入视野，无论是谁，恐怕想忘也忘不掉吧。

战争的爆发导致无数人遍体鳞伤，也令无数人流血牺牲。这个不可磨灭的事实，早已渗透进柏林人的日常生活之中。

我常常会带由利乃前往格吕内瓦尔德车站。当年，无数犹太人正是在这里搭上特别列车，被送去集中营。

如今，车站依旧保留着战时使用过的 17 号站台。站台上的金属板不计其数，记录着发车日期、搭乘人数，以及集中营地点。

---

1. 1945 年 8 月 15 日，裕仁天皇通过广播向全日本宣读《终战诏书》，宣布接受《波茨坦公告》，实行无条件投降，结束战争。

“绊脚石”的铺装也是如此。这是一种十厘米见方的黄铜砖块，每块上面刻有一名纳粹大屠杀遇害者的姓名、生卒时间、遇害地点，安放在遇害者生前居住的家门口。

昨天散步途中，我特意数了数，那样短的时间，竟然路过了六块“绊脚石”。

外出的日子，想要不遇见“绊脚石”，几乎是不可能的。

每当此时，战争的阴影便会掠过脑海。

新闻里说，如今这个时代，每五个日本人中就有四个对战争一无所知。

为此，昨天我试着想象了一下，七十多年前，我的祖父母究竟怀着怎样的心情迎接这个日子。

家里还有一些从日本带来的晒干的紫萁。我将紫萁煮熟，搭配小豆饭，与企鹅先生一块儿享用。

吃饭时，我默默地想着，七十多年前，这样的料理必定是难得一见的佳肴。

今年，是德国让我目睹了到去年为止无缘得见的风景。

接连几个月，我切实体会到生活在异国他乡的艰辛。

简单来说，这其中包含着权利与义务。

同为战败国，采取怎样的态度度过战后的七十多年，终会有所体现。从今往后，两国之间的差异恐怕将越来越明显。

唯愿世界和平，再也不用迎来悲惨的战争。

8 月过半，柏林城内秋意渐起。

楼下中庭里的大树，一点一点染上了秋色。

晚夏远足

8月28日

终于，我“出道”了。

具体说来，是“自行车出道”。自从来到柏林，我从没试过骑自行车。

不说别的，自从见识过不少德国人的骑车速度后，我就变得畏缩不前，迟迟下不了决心。

周日一大早，我与两位朋友约好在车站碰头，一道出发。

尚未抵达车站，我已紧张得心如擂鼓。

不了解的东西实在太多了。比如，车站里有电梯吗？搭乘电车时，自行车应该放在哪里？手头的自行车券如何使用？

顺便一提，我家没有自行车，这天骑的自行车是我从公寓附近的车行临时租来的。

在车站与朋友顺利会合，接着换乘S-Bahn[1]列车展开旅途，耗时约1小时20分钟。

目的地是位于柏林市郊的一家咖啡馆。从去年开始，我就对这家咖啡馆心向往之，不过它仅在周末营业。

特意带着自行车前去是有原因的。

距离咖啡馆最近的车站，远在十四公里之外。路上看不到一辆出租车，而当地的巴士更加靠不住，因为实行的是预约制，人数不足的话，根本不会发车。

这么远的距离显然无法步行前往，如果是从柏林出发，没有什么做法会比带着自行车过去更加可靠。

去年筹划这趟远足时，我曾侥幸地想，如果当日刚好有村民在车站办事，说不定可以顺路载我一程，可最终也没能找到这样的村民，只得放弃。

---

1. S-Bahn：连接柏林市与其周边地区的市郊铁路系统。

车站似乎并不提供自行车租借服务。

这一天，走下列车，我终于明白原因何在。

严格来说，这个地方能不能被称作车站呢？站台本身即是一片荒无人烟的原野，一不留神就会坐过站。

按照之前在网上搜索的结果，从这里骑车去咖啡馆，大约要花 45 分钟。

骑着自行车在林间穿行，心情十分舒畅。

空气轻盈地贴上肌肤。

偶尔有小汽车从身边呼啸而过，让我觉得害怕。好在我们的体力不相上下，为了保证行车安全，总是骑一会儿便停下来休息。

出人意料的是忽高忽低的路况。分明置身于地势平坦的德国，我们却反复地上坡下坡再上坡。

当感觉费力的时候，我索性推车而行，总之不会逞强，一边享受沿途变换的风景，一边完成这趟自行车之旅。

途中遇到过野驴和天鹅，也欣赏过原野上盛放的花朵，甚至会开心地放声大喊。

每当此时，我们就把自行车停在路边，休息片刻。

多么愉快的夏日远足。

就这样一路走走停停，待我们抵达咖啡馆时，已经过去将近两小时。仅用 45 分钟，绝对到不了。

所以说，这个时间大概是以德国人的超快骑车速度来计算的吧。

咖啡馆装修得分外可爱。

老板是日本人，这家店也仅在周末营业。店内陈列着许多美味的蛋糕，令人心生欢喜。我们三人点了葡萄酒和咖喱，最后上桌的是作为餐后甜点的蛋糕与咖啡。

不少德国客人慕名而来，咖啡馆里气氛祥和，美好得如同一幅歌颂和平的画卷。

闲谈间，得知咖啡馆似乎提供住宿服务，于是我对朋友说，希望下次有机会过来住上一晚，悠闲度日。

店内设有艺廊，用于展示日本艺术家的作品。我买下一个木盘。

应当会成为不错的纪念品。

然后，我们再次骑上自行车，沿来时的路离开。

这趟自行车之旅，往返共计二十八公里。

那座车站真的是距离咖啡馆最近的车站吗？我半信半疑地向人求证，对方说没错，就是那里。

回去的路上经过一个湖泊，只见一位大婶赤裸着身体走上岸来。

德国有不少人坚持裸泳。赤身裸体地游泳，想必很是畅快。

让我大吃一惊的，是回程的电车。

上午过来时，停放自行车的车厢空空荡荡的，现在却停满了自行车。

费了九牛二虎之力，终于找到空隙，把我们的自行车塞了进去。

车上没有空位，只能站着，犹如搭乘日本的满员电车。

但我依旧情绪亢奋，也不觉得多么疲累。或许原因在于，这辆租来的自行车与身体十分契合，骑着并不费劲。

为了庆祝平安回到柏林，途中更无一人受伤，我们用啤酒干杯。

多么幸福。

今年顺利实现“自行车出道”的愿望，不妨将明年的目标定为露营吧！

所有器材都用自行车装载，这样就能去森林里露营。

同行的一位朋友告诉我，今年夏天，她乘坐电车前往丹麦的海岛，在当地租了一辆自行车，花一周时间完成了环岛之旅。

这次远足让我明白一件事，以自行车为交通工具，世界会变得更加广阔。

嗯，也许是时候为自己买一辆自行车了。

此刻，我认真思索着这个问题。

默克尔女士

9月24日

结束晚夏的远足，眨眼之间便到秋天。

欧洲的夏季，真是转瞬即逝。

公园里的树叶渐渐红了。上周，我已找出手套来戴。

夏日里轻装出行的柏林人，纷纷换上御寒的衣物走在街头。

那趟远足之后，小音从日本飞来找我。我们一块儿去了意大利，后面几日诸事繁忙，待我察觉过来，今天已是德国大选的日子。

我在德国并未拥有选举权，但选举本身与我的日常生活息息相关。

以前我认为，选举结果恐怕将导致自己无法留在柏林安稳度日，如今我的想法是，嗯，应该没问题吧。

最终结果一定不会像去年的美国大选那样。

春天时我在语言学校上课，最令人惊讶的是在学校里频繁听到默克尔女士的名字。

上课第一天，我们便已学会如下德语：“安格拉·默克尔是德国的总理，也是一名科学家。”同时，老师还让我们用这样的句型练习造句：“安格拉·默克尔在咖啡里加入大量砂糖与牛奶。”搭乘电梯时，大家热烈讨论如果最后只剩两位候选人，各自希望谁能当选。每到此时，我便会从大家口中听到默克尔女士的名字。总而言之，这是一位备受民众爱戴的女性。

她被大家尊称为“德意志之母”。

我常听语言学校里来自世界各地的同学及我的日本朋友说“因为默克尔女士，我喜欢上了德国”，或者“是默克尔女士吸引我来到这个国家”。

与我来柏林生活的理由一样。

我十分尊敬默克尔女士，她是能够堂堂正正地表达理所当然之事的人。

如今，全世界不乏说话模棱两可的政治家，而我认为，如默克尔女士一般充满正义感、愿意郑重地阐述自己观点的人，着实难能可贵。

事实上，我家公寓隔壁有一处会场，似乎是默克尔女士领导的 CDU（现德国执政党基督教民主联盟）的集会地点。大选之初，听说默克尔女士也曾亲临现场。

后来，她还光顾了公寓一楼的阿拉伯料理店。没过多久，店主便将当时的照片装饰在墙上。

当然，每个人的看法不尽相同，反对默克尔女士执政的民众亦不在少数。尽管如此，我依然认为，这个大部分国民都选择支持默克尔女士的国家果然值得夸赞。能像德国民众这样，为自己选出的总理感到骄傲，是格外幸福的事。

回头看看，日本又是如何?

在德国，民众能够强烈地意识到默克尔女士是自己投票选出的，换作日本，政治家与民众之间隔着一道墙，原本由民众选出的政治家，却高高在上，颐指气使。这一点，我无论如何也没法接受。

不知今日的德国大选，会是怎样的投票率。

我已决定，从日本的下一届选举开始，即便人在德国，也要想办法参加投票。

一定会投票的。此时此刻，我的模样大概有些气势逼人。

今天，默克尔女士会出现在隔壁的大楼吗？

真想亲眼一睹她的风采。

我不时将头探出窗外，打量那边的情形。

明天我将暂时返回日本。

太好了，时隔半年，可以再次呼吸日本的空气。

由利乃与企鹅先生亲密无间地留在德国看家。

如此幸福

10月6日

抵达日本后，刚下飞机，我忽然很馋素面。

凉凉的素面。

说起来，我在柏林只吃过一回素面，而且不是凉的，是那种热乎乎的汤面。

果然，素面这种食物还是与日本的气候相符。

暌违半年的日本。空气清新而柔和。

路边看见蜻蜓——哇，不愧是日本呢，内心感动不已。

我在柏林似乎从未见过蜻蜓。

也许它们生活在某处，只是我不知道罢了。

在德国，不只是蜻蜓，就连蝴蝶、蝉也是无缘一见的。

所以，每当听闻“蝉时雨”之类的字眼，我就不由得心神恍惚。

秋天长夜里的虫鸣，只能在日本聆听。

比起寿司，令人无限怀念的美食是豆腐店的油豆腐，以及街区食堂的炸肉饼、可乐饼。

但这回几乎抽不出时间去商店街闲逛。

不能与心爱的油豆腐、可乐饼重逢，真可惜。

沐浴着日本的阳光，我读完两部作品的清样。

一部是《闪闪发光的人生》，另一部是《暖和和手套国》。

两部作品将在本月底同时上市。

早晨，开始吧！我鼓足干劲仔细阅读清样。这是一段无比幸福的时光。

我始终认为，清样是富有生命力的小动物，整个阅读过程犹如将它抱在膝头，细致地为它梳理毛发。

栗金团也美味极了。

回到日本，随时都能感受这种不经意的幸福。

昨晚在外面散步，走着走着，只觉金桂的香气扑面而来，内心有种充盈的喜悦。

对了，这次回来，让我大吃一惊的是洗涤衣物。

同一件 T 恤，在东京清洗和在柏林清洗，触感是截然不同的。“哇，原来这件 T 恤的面料这么柔软吗？”我惊讶地叫道，宛如发现新大陆。

在德国，不知是水质太硬，抑或是洗衣机有问题，洗过的衣服总是硬邦邦的。

其实之前我已隐约察觉到这点，但没想到二者的差别如此明显。

如果说在日本清洗的衣物柔软如绢豆腐[1]，那么在德国清洗的衣物就坚硬如岛豆腐。

说起来，还有一件事让我不大适应。

明明住在自己家，却看不见由利乃的身影。

1. 绢豆腐与后文岛豆腐都是日本豆腐品种，绢豆腐质地细腻，岛豆腐质地较硬。——编者注连到我家做客的朋友都说，没有由利乃出来迎接，总觉得哪里不对劲。

留在德国看家的企鹅先生告诉我，柏林冷得不像话。

这些天家里总算开通暖气，行道树叶子也彻底黄了。

秋去冬来。

住在集体公寓里的孩子，半年间长高不少。

原来以半年为单位，一个人的变化会如此显著。这也是回到日本后我的一大发现。

好了，接下来该收拾行李，准备明日一早飞回柏林。这个月末，我会再度返回日本。

为配合新书上市，出版社正在筹划各种活动。

想到不久的将来，能够与我的读者再次相见，内心便雀跃起来。

啊，真幸福。

身在日本，能因微不足道的小事而感到幸福，也是格外幸运的。

最后的太阳

10月18日

企鹅先生孤零零地返回了日本。

我与由利乃再次回到一人一犬的生活。

周末，我久违地带着由利乃去看森林与湖泊。

开往森林的列车上，许多人是带着自行车来的。

这几日柏林阳光和煦，难怪大家憋不住。

相比之下，东京似乎更冷一些，柏林倒是万里无云的蓝天。

于是，大家纷纷抓紧时机，前往郊外享受自行车之旅。

柏林已完全过了红叶盛季。

大部分树叶由红转黄。

街市中、森林里，处处是金黄色的风景，美不胜收。

从今以后将是寂寥的冬日，眼前所见仿佛季节赐予我们的最后嘉奖。

幼犬时代的由利乃喜欢在落叶下跑圈。长大后，每当看见落叶，它就条件反射般变回从前的样子。

森林里堆满落叶，由利乃酣畅淋漓地玩了很久。

夏日湖畔景色宜人，秋天来临后，湖岸的风光别有一番情趣。

真想随身携带一本文库本，坐在长椅上安静地读书。

我还是第一次在柏林度过秋天。

并且，今年打算留在这边过冬。

尽管整整一周都是晴朗的好天气，不过下周就会一口气开启寒冬模式。

预计最高气温大约 10℃，最低气温仅为 3℃。

夏令时即将结束，黑夜变得越发漫长。

从日本回来后，由于时差的影响，最近一段时间我依旧早睡早起。今日清晨醒来，天空中依旧挂着星与月。

这个季节，不到早上 8 点天是不会亮的。

也许大家心里都明白，今年最后的晴天即将过去。

于是大家纷纷来到户外，尽情享受日光浴。

最后的太阳，这个说法着实骇人听闻，然而感觉上又确实是这样。

从下周起，柏林便真正入冬了。

趁着天气晴好，我麻利地清洗了床单、被套等寝具，放在阳光下晒干。

初次在柏林尝试制作锅巴，效果不错，眼下正等待烘干。

待锅巴完全干燥，用油炸一炸，滋味会更好。

对了，之前在日本尝过最中[1]，顺便买了一些回来。周末，

1. 最中：日式传统点心，外皮称作“最中种”，是用糯米粉做成的薄脆煎饼，形状不一，里面包着馅料。果名源自《拾遗和歌集》：“水面数月影，今宵秋最中。”

邀请朋友上我家喝茶吃最中。

在国外享用的最中，异常可口。

这种点心与玄米茶最为契合。

大家好似格外珍惜，一口一口慢慢吃着。

TANEYA 餐厅贩售的最中，味道真棒。

下次回日本，要再去他家买特产。

他家的最中，外皮与豆馅不会糊在一块儿，外皮本身烤得脆脆的，让人喜欢得不得了。

接下来，该为冬日做各种准备。

首先得买曲和大豆，下周开始酿制味噌。

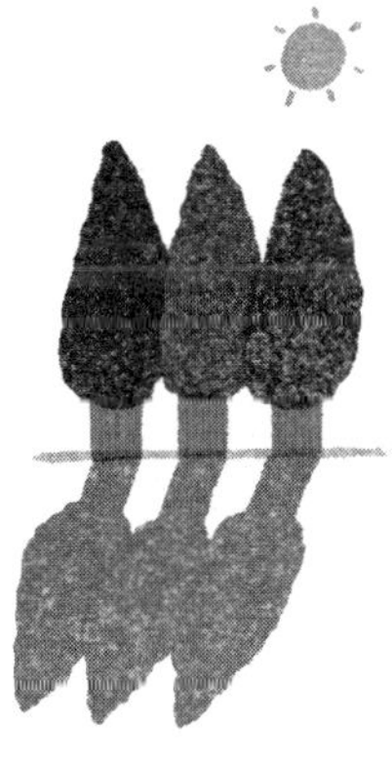

闪闪发光&暖和和手套国

10月23日

上周末，《闪闪发光的人生》寄到了柏林。

上市啦！！！

真开心。

在此之前，我从未给自己的小说写过续篇。这部《山茶文具店》的续作，是我的初次尝试。

自从写完《山茶文具店》，我便收到大量读者的来信。

甚至比读者卡片更多。

说真的，我完全没想到自己能以这样的方式与读者建立联系，如同一份令人欢喜的礼物。

不少读者在信中说，请你为它写一个续篇。

而我刚好也有同样的想法，大家的鼓励无异于把我轻轻地往前一推。

再次通过故事体验镰仓的日常况味，真的十分幸福。

前作主要以鸠子为中心讲述邻里之间的温情互动，续篇会着重描写鸠子的私人生活。

从本月 25 日起，大家便能在书店见到它了。

当然，Shunnshunn 老师依旧负责本书的封面插画，内文的手写信则出自萱谷惠子老师之手。

能够请来与前作一模一样的制作班底，我感到无比荣幸。

此外，几乎同期出版发行的《暖和和手套国》也在上周完成了样书制作。

我花了很长时间来书写这个故事，如今它终于成形，并且满载回忆。

这一次，拉脱维亚成为故事的舞台地——路普麦吉共和国的原型。

我曾与负责封面插画的平泽摩里子老师结伴在拉脱维亚旅行，细数起来，共有三次。

这本书采用了普通小说无法实现的精致装帧，如果能为大家带去美好的阅读体验，我将非常开心。

昨天稍稍出了一趟远门，带着由利乃来到施拉哈特湖。

湖周围筑有散步道，我沿着这条小道慢慢走着。

红叶漂亮极了，无论往哪儿看，都忍不住心醉神迷。

晚秋的欧洲，美得无以复加。

绕湖一周，大约需要一个半小时。

由利乃散了一次长长的步，似乎累坏了，今天仍在呼呼大睡。

下次做些便当带去，说不定在湖畔悠闲地待上一整天也不错。

湖水清澈见底。

《暖和和手套国》中也有湖畔的场景，是我格外喜欢的一幕。

期待大家的阅读！

我回来了！

11月1日

时隔三周，再次回到日本。

柏林的时光格外恬淡，尽管只是短暂的三周，却仿佛过去三个月那样久。

企鹅先生准备了热气腾腾的米饭和味噌汤，等我回家。

果然还是家里好呀。

下面是关于签售会的通知。

这回将在横滨、京都、镰仓、东京分别举办一次签售会。

对了，11月15日下午3点左右，欢迎大家带着小说前去镰仓的由比滨公会堂，届时我将为人家签名。

傍晚 5 点左右，插画家 Shunnshunn 老师与负责手写信的萱谷惠子老师也会亲临现场，参加本次签售会。

假如当天您正巧在镰仓散步，请抽空过来玩玩吧。

静候各位读者的光临！

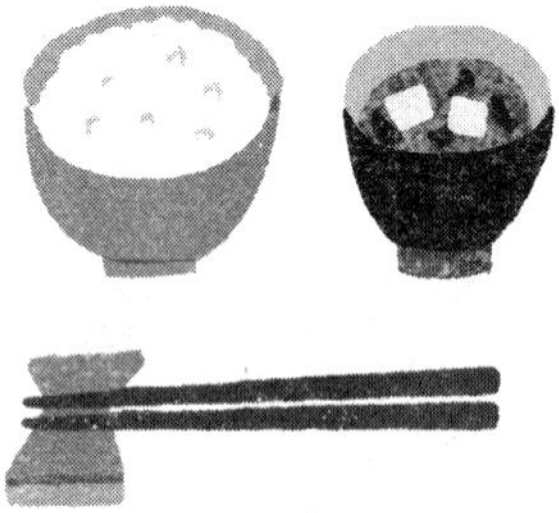

手套节

11月4日

非常感谢大家昨日前来手纸社参加《暖和和手套国》的见面会。

我也得以度过一段愉快的时光！

话说回来，手套这种物品，哪怕只是放在身边瞧上一眼，也能予人幸福之感。

昨天，店里也装饰了许多手套，真是叫人开心。

平泽摩里子老师还为本次活动亲自设计了宣传海报与杯垫，每件东西都是那样出色。

为纪念《暖和和手套国》正式出版发行，今天，位于吉祥寺的艺廊 fève 将举办平泽摩里子老师的个人原画展。

昨天是我初次拜阅她的画作，真的非常棒，让人惊叹不已。

这次，摩里子老师耗费大量时间和精力，运用铜版画技法作画。整个制作过程异常辛苦，然而正因为如此，她的画作才酝酿出别有深意的韵味。

按照之前的计划，今天我也会前往艺廊。

接下来，这些原画将在全国其他几间艺廊巡回展出。请大家一定要前去观展！

从今天起，以《暖和和手套国》为灵感制作的甜点，会在手纸社开设的咖啡店正式登场。

昨天我去店里尝了尝，非常好吃。

同时，这边也有举办手套节的相关活动，请一定要过来玩玩呀。

去京都

11月12日

这天早晨，空气清新得让人忍不住对着天空大喊："早上好！"

我最爱的东京冬日的晴空，正一望无垠地铺满视野。

今天我将出发前往京都。

首先在京都 NHK 参加访谈节目，然后赶往签售会现场。

这是我第一次在京都举办个人签售会。

昨天在网上查找晚饭的用餐地点，结果看得眼花缭乱，根本无从选择……

算了，偶尔漫无目的地闲逛，说不定也挺好。

不去试试又怎么知道结果呢，对不对？

横滨的签售会让人非常愉快。

很久没有参加签售会，心情有些紧张，不过现场来了不少读者，让我备受鼓舞，仿佛一块充分吸收了高汤的油豆腐。

感谢每位读者的光临。

也感谢每位希望前来却无法亲临现场的读者。

我想，总有一天我们能够相见！

刚回到日本的那周，由于时差的关系，我的睡眠质量一直不大好，常常彻夜难眠。

最近，身体总算习惯了日本的生活节奏。

走在我家附近，经常可以遇见带着狗狗散步的人，每当此时，我的心里便感到有些落寞，不知由利乃这阵子过得怎么样。

不过，寄宿在最喜欢的托里玛女士家中，想必它每天都开心极了。

明知由利乃不在家，我仍旧习惯轻手轻脚地推开起居室的门。

这几天，柏林的最低气温似乎终于跌至 0℃以下。

啊，好冷。

相比起来，东京的冬天实在好过多了。

这么说对柏林人可能不太公平，但我还是觉得，能够在东京尽情地感受阳光，真的好幸运！

天地间唯一的太阳，正燃烧自己，照亮整个世界，想到这里，我再次对它肃然起敬。

生活在欧洲，就会深刻领悟太阳的可贵。

这周，我将参加出版社在京都、镰仓、东京举办的签售会。

请一定要过来玩玩。

我会在现场等候大家的！

对了，《暖和和手套国》与《闪闪发光的人生》的后记已经更新。

啊，真是一个清新怡人的早晨。

希望今天会是充实美好的一天！

（合掌祈祷）

前往镰仓

11月17日

在京都只留宿了短短一夜，却十分尽兴。

非常感谢大家前来参加在 NHK 文化中心举办的见面会，以及在双叶书房举办的签售会。

这是两场接踵而至的美好邂逅。

结束本次的京都签售会后，翌日清晨，我从酒店出发，造访 Inoda Coffee 总店，并在店内阅读了前日收到的读者留言与来信。

内心大受鼓舞。

看着手中的来信，我切实感觉自己的文字向读者传达了某些东西，既开心又幸福，欢喜得差点落下眼泪。

对于各位读者，我的心中充满感激，无以言表。

哇，我该怎么回复才好？即便现在立刻死去，恐怕也毫无遗憾。我感慨不已地看向咖啡馆的露天座位，只见那里被无数明媚的光线轻柔地包裹着。

我向来没有吃早餐的习惯，此时忽觉饥肠辘辘，于是点了一杯咖啡欧蕾，搭配黑森林蛋糕享用。

如今，我的许多生活细节仍与在德国生活时无异，令我禁不住瞠目结舌，对自己颇为无奈。不过，黑森林蛋糕的确是我格外钟爱的一款甜品。

居然大清早便开始享用美味的蛋糕，简直像芭芭拉夫人一样。我一面想着，一面继续浏览读者来信，时而热泪盈眶，时而轻笑出声。

我还是第一次在 Inoda Coffee 品尝这里的黑森林蛋糕（菜单上，这款甜品并非采用“黑森林蛋糕”的说法，而是沿用昔日的称呼，显出几分复古意味），滋味相当可口。

话说回来，不知从何时起，店里不再允许客人抽烟。

于我而言，这无疑是一个令人欣喜的改变。

走出咖啡馆，京都的街道为我延续着之前的好心情。我一边散步，一边忍不住在心里盘算着，京都果真是个好地方呀，希望改日能有机会过来小住一段时间。走着走着，不经意便路过了六角堂。

这回行程安排十分紧凑，没有时间悠闲地观赏红叶，也没能去寺院、神社参拜，因此我想，哪怕只是顺道进去拜拜也好。没想到，当若无其事地踏入六角堂时，我大吃一惊。

眼前摆放着许多白色与粉色的鸽子（装饰），整整齐齐犹如放在蛋盒里的鸡蛋。

大家把写有心愿的纸笺放进鸽腹中，敬献给神明。

不用说，我也在纸笺上写满了愿望，虔诚地祈祷。

整整一天都在书店度过。

店员的工作态度真的让我十分钦佩。

我想，正因为无数店员的努力与书店的支持，自己的书才得以顺利送到读者手中。

一直以来，我所遇见的每位店员都魅力十足。

通过这次签售会，我再度确认了一个事实："京都真棒！"

接下来要勤奋攒钱，再去京都。

昨天，不对，是前天，参加了在镰仓举办的签售会。

与许久不见的 Shunnshunn 老师与萱谷惠子老师重逢。

会场是一处类似公民会馆的地方，话说回来，在公民会馆脱掉鞋子，坐在金属椅子上，真的不要紧吗？起初我有些担心，后来反倒觉得，这不就是镰仓独有的氛围吗？于是渐渐放松下来，度过了一段愉快的时光。

当日留宿镰仓，晚饭是在我非常喜欢的一家料理店享用的，这家店在《闪闪发光的人生》中也有登场。

翌日清晨来到 GARDEN HOUSE，像在京都时一样，阅读读者的来信。

每封来信都让我深受感动，以至于我想自己真的可以如此幸福吗？我甚至觉得，哪怕今日就要死去，内心也了无遗憾。然而转念一想，由利乃还被我留在柏林呢，不行不行，今天还是不能死啊。

无论在京都还是镰仓，总有读者热心地问我：由利乃还好吗？并且告诉我，自己是由利乃的粉丝，让我感到既开心又难为情。

有些狗狗格外敏感，一旦离开主人身边便无精打采，好在由利乃什么问题都没有，即便借住在托里玛女士家中，也成日活蹦乱跳，使我松了一口气。

然而，企鹅先生似乎发现了由利乃枕在托里玛女士的丈夫（意大利人）怀里安然入睡的照片，接连好几天，他的表情都酸溜溜的。

前阵子他特意跑去筑地，买了些由利乃喜欢的油炸糖豆回来，对我说："能帮我把这个带给由利乃吗？"

再过不久，我就可以回到柏林与由利乃团聚，而企鹅先生还要多等一段时日，因此他急得眼泪都快流出来了。

今天将在二子玉川参加签售会，与我的读者聊天。

天清气朗，真好！

签售会

11月19日

感谢大家前来参加在二子玉川举办的签售会，也感谢每位希望前来却无缘亲临现场的读者！

多亏大家的支持，我们在四个不同的城市顺利举办了签售会，并且每次都收获了充沛的能量。

我会将这些温暖的能量视作种子，竭尽全力鼓励自己继续创作。

二子玉川的签售会于晚上 7 点开始，等我到家时，差不多是夜里 10 点。

腹内空空地回到家，只见企鹅先生买了太卷寿司慰劳我。

太好了，有太卷寿司可以吃。

虽说是从车站前的超级庶民寿司店买来的，但这家店的太卷寿司堪称风味绝佳。

这回的日程安排实在太紧凑，几乎没时间与企鹅先生在家一块儿享用晚餐。

因此，太卷寿司是企鹅先生送给我的巨大惊喜。

其实回到日本，我最想吃的就是这家店的太卷寿司、从前常去的豆腐店的油豆腐，以及亲手制作的便当。

反倒对豪华寿司、刺身、怀石料理提不起兴趣。

不过，要说回到日本后绝对不能错过的美食，当然是鳗鱼啦。

身在海外，对日本的鳗鱼会越发想念。此刻，仅是输入“鳗鱼”这个单词，就让我的脑子变得黏黏糊糊的。

好了，鳗鱼暂时略过不提，现在我再次感觉，无论是太卷寿司、油豆腐，还是亲手制作的家常便当，这些看似平淡无奇的东西中都包含着幸福的要素。

企鹅先生为我做的炒饭也是如此。

果然都很好吃呢。

现在，我已回到柏林。

最近过得手忙脚乱，从明天开始，我将回到语言学校上课。

接下来的一个月，会再次做回学生。

由于时差的关系，今天我又起了个大早。

最初醒来那次是凌晨 2 点 30 分，然后倒回床上继续睡，却怎么也睡不着，只好清晨 4 点多便起床。

既然要上课，就这么早睡早起也不错。

今早 7 点多，天空才微微泛起鱼肚白。

柏林已至隆冬时节。

再过几小时，我就要去接由利乃回家。

今年冬天，我与企鹅先生决定各自在柏林和东京过年。

说起来，签售会上，不少读者希望我现场朗读《每日新闻》的“欢乐周日！”专栏，令我大吃一惊。

每周我都会在《每日新闻》的周日增刊上发表散文。

有的读者甚至会一期不落地把这些散文用彩色复印机复印下来（得地直美老师亲手绘制的插图可谓锦上添花），做成剪报收藏。得知这一点，我感到既高兴又难为情。

仅仅依靠增刊，无法与我的读者直接沟通，像这样面对面地分享些许小事，于我而言无比珍贵。

在这里，我想对所有特意抽空前来参加签售会的读者说："真的真的非常感谢！！！"

衷心期待未来能与你们再次相见。

又及。

在二子玉川的签售会上，由于一时想不起来，没能给大家解释清楚何为"拉脱维亚十得"，下面重述一遍。

这回我将用自己的语言，尽量贴切地翻译。

"拉脱维亚教给我们的十大心得"

怀着一颗正直的心

与邻里友好相处

为了他人奉献

踏实快乐地劳动

认清各自的立场

纯洁、美好地生活

始终心怀感恩

保持爽朗的心情、健康的体魄

落落大方

靠近对方的内心

（我打算把它们贴在洗手间的墙壁上）

KINDERGARTEN

11月23日

从这周开始，我再次回到语言学校上课。

尽管是以月为单位选择课程，不过一旦开始上课，课时安排就非常紧张，周一到周五每天都得去学校。

这回选了下午的课程，从午后1点15分上到傍晚5点45分。

下课之后，夜幕早已降临，外面黑漆漆的。我匆匆赶回家，为由利乃准备晚饭。

班上的同学有大叔也有阿姨，人数不少，让我松了口气。

他们从事各种各样的职业，如牙医、画家、心理学家、教师、电影导演、诗人，并且来自世界各地，以色列、新西兰、澳大利亚、俄罗斯、罗马尼亚、法国、西班牙、美国，等等。

同桌的女子竟然是立陶宛人，而且与我同岁。

班上的日本人只有我一个，韩国人倒是有两个。

授课老师是女子，给人印象不错。

不过，我们学习的依然是基础德语。

如果说上学期是幼儿园小班水平，那么这学期稍有提升，变成了中班。

一群成年人铆足干劲认真学习，想必在旁人眼里，这情景无比滑稽。

我在水壶里装了饮料，每天带着零食来学校，简直与幼儿园的小朋友无二。

日子过得十分开心。

虽说我对柏林的冬天一直有些畏惧，但是眼下并不讨厌它。当然，这里的冬天才刚开始，我也不过体验了数日而已。

非要说的话，大概算得上喜欢。

确实很冷。非常非常寒冷。

但是，只要待在暖和的空调房里，总有办法扛过去。

问题在于，这里的白昼太短了。不过，只要调亮屋里的灯光，便会感觉舒适起来。

在我看来，正因为是冬天，早睡早起才尤为重要。

哪怕夜晚变长，也不能等到日上三竿才起床，否则整整一天很容易浪费。

每日都要抓紧时间，充分享用宝贵的白昼。

这段时间，我将闹钟定在清晨 5 点 30 分，但由于时差的关系，往往闹钟还没响，我已经醒了。于是只好躺在床上，拼命等待天亮。

每天过得小心翼翼的，尽量不浪费一秒钟的阳光。

冬季，人的情绪容易变得消沉，因此，保持积极的心态、为自己安排一些愉快的消遣活动是很重要的。

比如与朋友一块儿喝茶、逛圣诞市集等。

冬季时间宝贵，我往往选择在咖啡馆度过，每日也尽量外出办事。

并且计划新年来临后，约两位朋友去泡温泉。

或许因为我在隆冬的巴黎完成了初次欧洲之旅，所以对这里的冬天有种莫名的怀念。

夏日的欧洲，气候舒适宜人，当然是最棒的，不过，假如没有酷寒的深冬，夏天也就显得平淡无奇。冬季的确寒冷，但也美不胜收。

红叶、街头的彩灯装饰、行人呼出的白色雾气，一切都是那么梦幻且美好。

我想，自己之所以爽快地接受了柏林的冬天，大概是因为对山形的寒冬深有体会。

它为我建立起了抵御幽暗冬季的免疫屏障。

对了，天气寒冷的时候，依偎着由利乃好好睡上一觉，能够让我心情大好。

脚底放着暖水袋，怀中抱着由利乃，别提多暖和了。

另外，贴在鞋里的暖宝宝果然是冬季必不可少的防寒物品。

贴或不贴，脚底的感觉大不相同。

冬季一定会有冬季的乐趣。

真希望公寓前的池塘早点结冰。

深冬时在森林散步，想必值得期待。

明天也要元气满满地去上“幼儿园”！

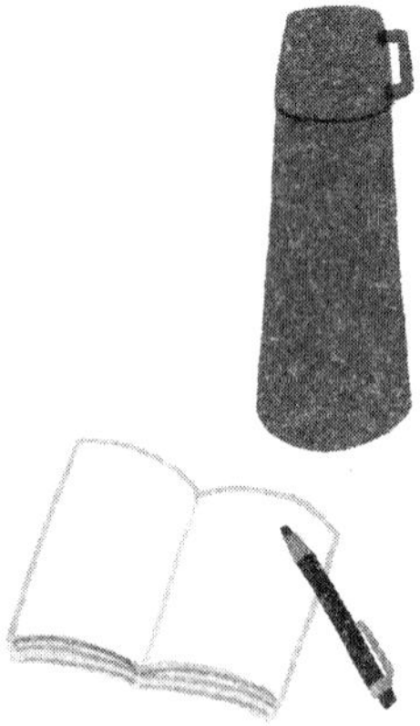

同班同学2

11月25日

清晨开始下雨。

这天是周末，非常开心不用上闹钟。

后来，我是被由利乃的“肚子饿了”的呼唤叫起来的。

对狗狗来说，平日与周末当然没什么区别。

最近和班上的同学渐渐熟悉，原本约好今天一块儿前往芬兰中心的圣诞市集，可惜雨下得太大，只好改为明天。

忽然空出一天的时间，我打算做些点心来吃。

在德国，很容易就能买到 Dinkel（斯佩耳特小麦），真是让人开心。

今天就用它做黄油甜酥饼干吧。

上回是我第一次烘焙这种点心，做好之后请朋友试吃，评价相当不错。

这次想稍稍改良一下配方。

我将揉好的面团放进冰箱冷藏，利用这段时间制作咸甜口味的熟坚果。

并且要加肉桂。

这些坚果是我在学校放假期间一点点买回来的，非常珍贵。

此外，家里剩了一些企鹅先生买的花生，已经回潮，于是我用平底煎锅干炒去湿。

饭后，久违地为自己煮了咖啡。

今天与我有约的同学，名叫斯蒂芬妮。

她是来自美国的女歌手，创作过非常出色的歌曲。

我休学的那段时间，斯蒂芬妮顺利升入更高一级的德语班，所以和我不在一个班，不过我们偶尔也会见见面，延续这段友情。

斯蒂芬妮和我是完全相反的类型。为了带动班上的气氛，她经常给大家讲些无伤大雅的玩笑话，或是利用课余时间把同学们组织起来，参加聚会。

不知为何，我似乎很容易吸引这类性格的人。

在我的印象中，美国是个相当复杂的国家，我平时尽量与美国人保持距离，当然我也知道，美国人拥有各不相同的思考模式。

说起来，这一点也是斯蒂芬妮教会我的。

从她身上我还发现，并非所有美国人都大大咧咧的，举止轻浮。

周末听的CD大多是钢琴曲，演奏者是一位日本钢琴家。

这位女钢琴家，是我在语言学校结识的。

她的年纪比我大上一轮，学习德语非常刻苦，让我佩服不已。

眼下，她已回到日本。我很高兴能够通过语言学校的课程与她成为朋友。

自从开始听她的 CD，我便喜欢上钢琴的音色。

她的演奏与周末早晨的阳光十分相宜，为最近的周末增添了不少乐趣。

现在这个班，与我要好的同学名叫亚娜。

我和她之间，似乎存在某种不可思议的缘分。

首先，我们同岁。

其次，她是爱沙尼亚人。

最后，我们最喜欢的国家都是拉脱维亚。

这一点，是我昨天刚刚得知的。

十年以来，每逢夏天，亚娜便会花一两个月的时间去拉脱维亚度假，因此对这个国家格外熟悉。

平时，我很少遇见如此热爱拉脱维亚的朋友。即便常年生活在欧洲，知晓拉脱维亚地理位置和国情的人也不多。

去语言学校上课的首要目的，当然是学习德语，然后才是结识新朋友。如果一直留在日本，我们绝对无法遇见彼此。

从这个意义上说，眼下我的生活可谓顺风顺水。

过一会儿，我打算前往某位日本朋友的家，给她送些我亲手制作的饭团。

朋友将自己的家布置成一间沙龙，最近开始邀请我们去她家参加学习会，练习瑜伽。

大家远离故土，怀着各种各样的想法与目的选择在柏林生活。

能够遇见这样一群朋友，我由衷地感到幸福。

期望明日会是晴朗的好天气！

说起来，前天清晨，天空布满美丽的朝霞。

小川味噌店

12月3日

这个周末，我留在家里专心酿制味噌。

每年的这个时候，周围的邻居便纷纷开始酿制味噌。见此情形，我禁不住感叹，柏林真像一座村庄啊！

现成的味噌当然也是可以买到的，但超市里卖的含有添加剂，还是自己亲手酿制的最让人放心。

到了春天，大家还会把自己做的味噌送给邻居品尝，别有一番情趣。

对我来说，这是第一次在柏林酿制味噌。

公寓附近有家专门制作曲的店铺，店主做好后送了我一些。

听说店主是因为喜欢曲，才开了这么一家店。平时除了做曲，也做酱油、味噌、纳豆等等。

我去店铺拜访，发现店主直接把自家一隅改造成了料理实验室。

这一次，店主送给我生的麦曲和玄米曲。

家里有高压锅的话，只需半个小时，就能把大豆煮得软软的。由于我家没有高压锅，我只好用普通的锅文火慢炖。

待大豆煮到手指一戳即破的程度，就可以放进搅拌机搅拌了。

记得以前，我是将大豆放在研钵里手动搅拌的。

当时的情景给我留下深刻的印象，以至于很长一段时间里，我都认为酿制味噌是件辛苦的差事。不过有了搅拌机，煮好的大豆很快就能变成豆糊。

以干燥的大豆计算，五百克差不多是比较适合家庭酿制的分量。这次我却横下心，准备了一千克的豆子，分成两份下锅煮熟，一份加入麦曲，另一份加入玄米曲。

等味噌酿成后，再直观地进行对比，看哪一种更符合自己的口味。

由于事先已将食盐与曲拌匀，因此，接下来只需加入摸起来已完全冷却的豆糊，再搅拌均匀即可。

虽说比较费时，工序却十分简单。

然后，将拌匀的豆糊揉成汉堡肉状，放入保鲜袋中，注意排掉空气，密封保存。待酱醪熟成，味噌便酿好了。

发酵期间，我尝了尝味道，发现就算没有完全熟成，酱醪的滋味也是极好的。

由利乃最喜欢的就是豆类制品。见我酿制味噌，它开心地在地板上蹦来蹦去，汪汪直叫。

这回会酿出怎样的味噌呢？我不由得期待起来。

“幼儿园”（语言学校）的课程刚好完成一轮。

如果要用一个词来形容德语给人的感觉，那便是“无懈可击”。

日语不如德语严谨，哪怕一句话不够完整，听者也能根据上下文理解它的意思。德语却绝无可能。

所有单词严密地串联成句，精准、正确，不会产生歧义。

刻板而不懂变通。

因此，每句话都显得格外冗长。

进入 12 月，街区处处弥漫着圣诞节的氛围。

我也在家装饰了一棵圣诞树。

冬日阳光

12月10日

在外行走的孩子们穿得圆滚滚的，看上去可爱极了。

寒冷的日子，连狗狗也穿上了衣服，令人放下心来。

毕竟狗狗是怕冷的动物。

昨天参加了女子会。

“一块儿喝茶吧。”我对经常见面的两位女性朋友说。于是，三人约在下午 3 点碰面。

只要她们还在柏林，我就能努力生活。

这天准备的下午茶点是甜米酒和黄油甜酥饼干。

最近一直在尝试制作黄油甜酥饼干。

每回都会稍稍改变其中的配料或分量，然后请她们试吃。

这次，我在面粉里加了些黄豆粉，又用花生调味，让口感更加富有层次。

最上面还撒了少许迷迭香和粗盐。

大概这是至今为止，我做出的最好吃的黄油甜酥饼干。

首先将甜米酒加热，然后等待时间来到下午 4 点，天色昏暗起来，就可以开香槟了。

今年秋天，大家都老了一岁，这瓶香槟便是我们的庆生礼物。

我们一边喝香槟，一边吃甜酥饼干。

夜色彻底笼罩下来。

我们都很期待能够品着香槟赏雪，可惜一片雪花都没看见。

这样的季节，大家一心盼望下雪，真是有趣。

然而，今年冬天的柏林尚未真正下过一次雪。

这段时间雨水很多。不少人觉得，既然都下了雨，下吗不下下雪呢？其实我也这么想。

喝完香槟，我们结伴去逛圣诞市集。

我们手上端着 Glühwein（热的德式甜葡萄酒）穿梭在不同的店铺之间。

途中买了烤板栗，站在路边吃起来。

这种现烤的板栗，别提有多香了。

不知道是板栗本身就很美味，还是烘烤方法不一样，总之皮很薄，内里却坚实有嚼劲，好吃得无法形容。

明年用这种板栗做栗子饭吃吧。

在室外待久了，身体会感觉很冷。于是，我们来到一家搭有屋檐的餐馆，点了比萨。

我们边吃边热烈讨论着德国人不懂变通的思维方式，以及日本的过度服务，与德国的过少服务，到底哪个更好。

昨天的气温大概只有 -1℃，市集却热闹非凡。

只要不下雨，这种冷法倒也扛得住。

一旦意识到自己在柏林过冬，身体便会逐渐习惯这里的寒冷。

昨晚的天气，大概最适合逛圣诞市集。

话说回来，还有两周，今年就结束了！

真是时光飞逝。

不知明年会发生哪些有趣的事情。

今天是周日。

户外依旧寒冷，天空却是一片湛蓝，令人心旷神怡。

时常听说柏林的冬天又冷又暗，非常难挨。因此，我已做好充分的思想准备对付它。

也许在旁人眼里，我的模样就像要去北极旅行。

因为事先设想过今年冬天会是多么富有挑战性，所以目前我反而一点都不担心，想法也十分乐观。

你瞧，明明是冬天，天气却如此晴朗，简直出人意料。

冬日的阳光无比和煦。

就连书房窗台上的盆栽，今天也露出开心的表情。

柏林的冬季竟然能够看到蓝天，多么值得欢呼。

难得遇上如此晴好的周日，再过一会儿，便带由利乃去蒂尔加藤公园散步。

我很喜欢冬季的森林，空气清新怡人。

语言学校的课程还有三天便结束了。

这是迄今为止最有意思的德语班。

冬至

12月22日

语言学校的课程已经结束，这两天抽空招待了远道而来的日本朋友，回过神才发现，马上就到圣诞节了。

刚才在附近的咖啡馆喝了一杯卡布奇诺，离开时，店员开心地对我说："圣诞快乐！"

大家似乎有些迫不及待，盼望圣诞节早日到来，街上处处弥漫着欢乐的氛围。

从上周末开始，不少公司陆续放假，整个街区都进入了休假模式。

德国人的法定节假日可真多。

德国的商铺一般会在12月25日、26日闭店，今年的12月24日碰巧是周日，也就是说，一连三天我都将找不到地方购物。

明天大概会正常营业吧，不过毕竟是周六，会不会闭店也难说。我决定抓紧今天的时间，一口气把需要的东西都买齐。

也许大家的想法和我一样，走在街上，随处可见提着超大购物袋的行人。

另外，大约是忙着返乡探亲，不少人正开车离开这座城市，车上装满大大小小的行李。他们虽然生活在柏林，但其实来自德国的地方小城。还有许多人拖着行李箱，往车站走去。

在圣诞节结束之前，柏林都会是一座人烟稀少、空空荡荡的城市。

就像大晦日[1]当天的日本。

今年是我第一次逛遍德国大大小小的圣诞市集。

---

1. 在日本，12月31日被称为“大晦日”，这一晚即日本人的“除夜”。——编者注

不过，这段时间天气不太稳定，时常下雨。

出门前必须查看天气预报，否则前往市集的途中，就会遭遇突如其来的冷雨。这样看来，圣诞市集也不是想去就能去的。

贩卖美食的摊位倒是不少，可以悠闲地边逛边吃，感觉像在日本逛庙会。

对孩子们而言，圣诞市集就像一座移动的游乐园。

前阵子在圣诞市集第一次吃到烤板栗。那种香甜的滋味让我大长见识，于是，只要发现卖烤板栗的摊位，我便馋得迈不动腿。

每次前往圣诞市集，我必然对着现烤板栗大快朵颐。

不用说，旁边配了一杯热气腾腾的 Glühwein。

吃着吃着我便发现，同样是烤板栗，由于烘烤方法不一样，口感颇有差异。

想要做出美味的烤板栗，店主必须不停地翻动板栗，使其均匀受热。

一旦店主偷懒，不去翻动，某些部分就会烤焦，变得硬邦邦的。

看似简单的烤板栗，其实非常考验手艺。

我知道接下来柏林将会越来越冷，因为这几天的最低气温尚未跌至0℃以下，最高气温甚至达到7℃、8℃，给人“今天还真暖和”的错觉。

某些时刻，天空似乎飘起了雪花，然而落在地面就化了，我家前方的公园池塘也还没有结冰。

看样子，新年来临之前，柏林都会非常暖和，这样的天气总归让人有些扫兴。

今天是冬至。

虽说真正的寒冬尚未到来，但从今日开始，白昼又将一点一点地变长，想到这里，情绪不由得松弛下来。

才下午3点30分，户外便笼罩在昏沉的暮色里，让人无比眷恋温暖的阳光。

啊，真想泡柚子浴。

遗憾的是，在德国几乎不可能买到日本柚子。今晚洗澡前，我打算在浴缸里滴几滴柑橘味的沐浴精油，就当泡过柚子浴了。

祝大家圣诞快乐！！！

岁暮柏林

12月29日

今天是“收官之日”。

吃完午饭，带着由利乃外出散步。

啊，忽然想起来，今天是周五，应该有周末市集出摊。不过，眼下正值年末，市集还开着吗？想来想去，我仍旧打算前去碰碰运气。

来到市集一瞧，尽管摊位只有平时的一半，喜欢的几家仍旧照常营业，像蔬菜店、土豆专卖店、意式香肠摊、烤鱼摊、花店等等。

午饭过后没喝咖啡，于是买了一杯卡布奇诺，坐在广场长椅上慢慢啜着。

啊，内心涌起幸福的感觉。

能够来逛今年最后一场周末市集，真好。

离开市集后，我去了塑形理疗教室。

这也是今年最后一次塑形理疗。

自从接受这位女性理疗师的服务，身体变得轻盈许多。

在柏林，从事身体理疗服务工作的日本人并不少，而且水准相当不错。

今年的疲劳要在今年消除。

这样才能神清气爽地迎接新年。

接下来，我又去 KDW（百货商场）购物。

时值年末，大家纷纷外出采购年货，热闹极了。

商场里人流如织，仿佛东京的知名百货公司。

随处可见一边喝着香槟或啤酒，一边享用美食的人。

本以为来到百货商场，能够速战速决地买到需要的食材，赶快回家，此刻才发现自己大错特错。

无论哪里都排着长队。

尤其是卖牛排的摊位，长蛇阵般挤满了德国人。

我打算买一块牛排，还有鸭肉、意大利面、蛋糕。

何况今年家里只有我一人，上述几样加上冰箱里剩余的食材，足够过年了。

原本打算再买些面包，但那里也大排长龙，我只好放弃。

对了，大家知道我买了什么蛋糕吗？是最近我觉得全世界第一美味的 Kirschtorte。

它可不是随时都有的，今日得以顺利买到，只能说运气太好。

谁知，当我对店员说请给我一块 Kirschtorte 时，对方告诉我，这不是什么 Kirschtorte。

在德国，它的正式名称叫作 Schwarzwälder。

意为黑森林蛋糕。

从前，我经常在日本老家附近的洋果子店买这种蛋糕，觉得格外香甜。黑森林蛋糕，有着记忆中令人怀念的滋味。

店里的黑森林蛋糕还剩两块，我幸运地抢到了其中一块。

离开百货商场，我暂时回了趟家，用撒着盐、胡椒的牛肉和鸭肉给由利乃做了晚饭，等它饱餐一顿后，我便再次出门寻找晚餐，算起来，已经很久没在外面吃饭了。

始终吃自己做的饭菜，也是会腻的。

要是不抓住今天的机会大吃一顿，接下来就是大晦日和元旦连续假期，想吃都没地方去。

今晚决定吃中华料理。

走进店里，碰巧遇见之前在我家附近的蛋糕店结识的日本女士。

由利乃对她十分依恋。

久别重逢，我们一边喝着今年最后的啤酒，一边吃炒荞麦面。

这家店的料理分量十足，我将吃剩的一半打包，作为明日的早午餐。

明天和后天是大扫除时间，然后便是干干净净地迎接新年。

走笔至此，我猛然回过神来，日本那边已经12月30日了。

时差的存在影响了人对时间的感知，这种感觉有些奇妙，却也无可奈何。

圣诞之夜过于安静，并且一连四天都是假期，处处弥漫着新春的氛围。

然而仔细想想，眼下仍未到新年。

说起来，今天听朋友讲述柏林的传统圣诞习俗，禁不住吃了一惊。

原来每年 12 月 24 日，柏林人的晚餐十分简朴，餐桌上往往只有香肠与马铃薯沙拉。

狼吞虎咽地吃着如此朴素的食物，就是柏林人度过平安夜的方式。

难怪临近圣诞节，街上的行人都拎着装满马铃薯的大袋子。

毕竟马铃薯才是晚餐的主角。

真正奢华的佳肴会在 25 日、26 日端上餐桌。这两天，大家通常早早地和亲朋好友聚在一块儿，享用整只烤火鸡，以及各种别的美食。

如果有机会，我也想试试这种地地道道的家庭圣诞聚会。

白天在许多地方偶遇了我的日本朋友，见面之后，大家纷纷互道新年快乐。

原本我想，既然身在国外，这回就不做年菜了！可犹豫一会儿，还是打算至少做些香菇与昆布结料理。此时，干香菇和干昆布都在水里泡着。

新年一到，便是母亲的忌辰。

一年前的今天，母亲尚在人世。思及此，心里涌起一股寂寥的哀愁。

接下来也许我还会写些什么，不过在这里，首先祝大家新年快乐！

来年也请多多关照。

我的头号美食，Schwarzwälder。

德国的蛋糕个头真大，剩下的一半留待明日享用吧。

著作权合同登记号：图字 18-2022-238

图书在版编目（CIP）数据

悠悠荡荡小天国 /（日）小川糸著；廖雯雯译 . --长沙：湖南文艺出版社，2023.3
ISBN 978-7-5726-0999-2

Ⅰ. ①悠… Ⅱ. ①小… ②廖… Ⅲ. ①散文集—日本—现代 Ⅳ. ① I313.65

中国国家版本馆 CIP 数据核字（2023）第 011752 号

上架建议：畅销 · 日本文学

YOUYOUDANGDANG XIAO TIANGUO
悠悠荡荡小天国

著　　者：[日] 小川糸
译　　者：廖雯雯
出 版 人：陈新文
责任编辑：刘雪琳
监　　制：邢越超
策划编辑：李彩萍
特约编辑：万江寒
版权支持：金　哲
营销支持：文刀刀
装　　帧：梁秋晨
内文插画：[日] 芳野
内文排版：百朗文化
出　　版：湖南文艺出版社
（长沙市雨花区东二环一段 508 号　邮编：410014）
网　　址：www.hnwy.net
印　　刷：河北鹏润印刷有限公司
经　　销：新华书店
开　　本：875 mm × 1230 mm　1/32
字　　数：116 千字
印　　张：7
版　　次：2023 年 3 月第 1 版
印　　次：2023 年 3 月第 1 次印刷
书　　号：ISBN 978-7-5726-0999-2
定　　价：49.80 元

若有质量问题，请致电质量监督电话：010-59096394
团购电话：010-59320018